TEMPO DE
Helena

Editora Appris Ltda.
1.ª Edição - Copyright© 2023 da autora
Direitos de Edição Reservados à Editora Appris Ltda.

Nenhuma parte desta obra poderá ser utilizada indevidamente, sem estar de acordo com a Lei nº 9.610/98. Se incorreções forem encontradas, serão de exclusiva responsabilidade de seus organizadores. Foi realizado o Depósito Legal na Fundação Biblioteca Nacional, de acordo com as Leis nos 10.994, de 14/12/2004, e 12.192, de 14/01/2010.

Catalogação na Fonte
Elaborado por: Josefina A. S. Guedes
Bibliotecária CRB 9/870

A659t
2023
	Araújo, Reila Campos Guimarães de
	  Tempo de Helena / Reila Campos Guimarães de Araújo. – 1. ed. – Curitiba : Appris, 2023.
	  131 p. ; 21 cm.
	
	  ISBN 978-65-250-4562-7
	
	  1. Ficção brasileira. 2. Educação. 3. Gravidez. I. Título.
	
	                                                              CDD – B869.3

Appris
editora

Editora e Livraria Appris Ltda.
Av. Manoel Ribas, 2265 – Mercês
Curitiba/PR – CEP: 80810-002
Tel. (41) 3156 - 4731
www.editoraappris.com.br

Printed in Brazil
Impresso no Brasil

Reila Campos

TEMPO DE
Helena

Appris editora

FICHA TÉCNICA

EDITORIAL	Augusto Vidal de Andrade Coelho
	Sara C. de Andrade Coelho
COMITÊ EDITORIAL	Marli Caetano
	Andréa Barbosa Gouveia (UFPR)
	Jacques de Lima Ferreira (UP)
	Marilda Aparecida Behrens (PUCPR)
	Ana El Achkar (UNIVERSO/RJ)
	Conrado Moreira Mendes (PUC-MG)
	Eliete Correia dos Santos (UEPB)
	Fabiano Santos (UERJ/IESP)
	Francinete Fernandes de Sousa (UEPB)
	Francisco Carlos Duarte (PUCPR)
	Francisco de Assis (Fiam-Faam, SP, Brasil)
	Juliana Reichert Assunção Tonelli (UEL)
	Maria Aparecida Barbosa (USP)
	Maria Helena Zamora (PUC-Rio)
	Maria Margarida de Andrade (Umack)
	Roque Ismael da Costa Güllich (UFFS)
	Toni Reis (UFPR)
	Valdomiro de Oliveira (UFPR)
	Valério Brusamolin (IFPR)
SUPERVISOR DA PRODUÇÃO	Renata Cristina Lopes Miccelli
ASSESSORIA EDITORIAL	Priscila Oliveira da Luz
REVISÃO	Mateus Soares de Almeida
PRODUÇÃO EDITORIAL	Bruna Holmen
DIAGRAMAÇÃO	Renata C. L. Miccelli
CAPA	Sheila Alves
ILUSTRAÇÃO	Eduardo de Souza Guimarães
FOTOGRAFIA	Gabriel Shiba

Dedico esta obra à razão da minha existência: Maycon, Hugo e Deborah.

PREFÁCIO

Quem nunca sonhou em ser aquele super-herói do filme ou da série favoritos; quem nunca se identificou com alguma personagem de um livro, de uma novela, de uma música; quem nunca tentou cantar igual ao vocalista da sua banda favorita? Quem nunca teve planos que, de uma maneira ou outra, se perderam, se frustraram, se esvaziaram no decorrer da vida?

Alguns simplesmente perderam o sentido de ser; outros não tiveram graça alguma depois de alcançados. E quem nunca teve sonhos que simplesmente foram roubados pelas vicissitudes da vida?

Tempo de Helena é a história de alguém que sonhou muito, desde pequena, e viu sonhos comuns a todos serem para ela árduos de serem alcançados; alguém que, por outro lado, diante do impossível por ela escutado de tantas pessoas, não desistiu até conquistar o sonho e quebrar a barreira do inalcançável. Derrubar os muros do preconceito, conquistar respeito, cair, levantar-se, decepcionar-se, chorar, juntar os cacos, lutar e colher frutos...

Escreveu, o famoso rei Salomão, que há tempo para tudo: tempo de nascer e tempo de morrer; de plantar e de arrancar o que se plantou; de matar e de curar; de derrubar e de edificar; de chorar e de rir; de prantear e de saltar de alegria; de espalhar pedras e de juntar pedras; de abraçar e de afastar-se; de buscar e de perder; de guardar e de deitar fora; de estar calado e de falar; de amar e de aborrecer; de guerra e de paz; e foi assim, quase sempre de formas imprevisíveis e arrebatadoras, que Helena aprendeu sobre o tempo, sobre a vida.

Personagens identificáveis em nosso cotidiano fazem-se presentes em *Tempo de Helena* e, como na vida real, seus comportamentos muitas vezes são inesperados e incompreensíveis e provocam verdadeiras tempestades nas vidas de outras pessoas, mesmo que inconscientemente. Uma palavra, um gesto, um toque, a princípio despretensiosos, podem causar estragos colossais em outras pessoas. E Helena, desde muito jovem, foi vítima de tornados, terremotos, vendavais, tempestades, que, mesmo enfrentados, deixaram marcas para o resto da vida. Mas Helena, ao contar-nos sua vida, não quer incinerar as bruxas em fogueiras, mas levar-nos a refletir sobre como seguirmos em frente.

Reila Campos é dessas adoráveis surpresas que o mundo da leitura nos proporciona. Mesmo em um livro de ciência exata, é possível a percepção, por vezes bastante nublada, da alma do seu autor. Em *Tempo de Helena*, sua autora nos conta mais que uma história, porque descortina despudoradamente seus sentimentos para o leitor. É mais que um romance, é uma prece de gratidão; é uma ode à esperança de vencer; é uma celebração do amor pela vida. Reila, com uma escrita carregada de emoções, leva-nos até o mundo de Helena: nos faz sofrer junto dela, enraivecermo-nos com ela, alegrarmo-nos com ela, irarmo-nos pelo que acontece com ela; desperta em nós a curiosa ansiedade para lermos o desenlace do romance.

Ao final do livro, vamos chegar à conclusão de que as helenas estão mais próximas de nós do que imaginávamos, ou ainda que, talvez, desconhecemos muitas delas, mesmo convivendo por anos e anos. Quem nunca conheceu Helena?

Rio Verde, Goiás, 10 de fevereiro de 2023.

Joaquim Borges de Oliveira Neto
Servidor público municipal na Fundação do Ensino Superior de Rio Verde

SUMÁRIO

A INFÂNCIA 10

A ADOLESCÊNCIA 19

A MATERNIDADE 29

UM ERRO NECESSÁRIO 36

A JUSTIÇA É CEGA 42

A PAZ DE CRISTO 46

A EDUCAÇÃO É FATOR DE PROTEÇÃO SOCIAL 51

FILHOS DE HELENA 59

TEMPO DE HELENA 71

DORACI E JOVENTINO 92

SENTIMENTOS 98

TEMPO DE TRAVESSURAS 105

AMIZADES 112

TUDO NOVO, DE NOVO 120

O PASSADO BATE À PORTA 125

A infância

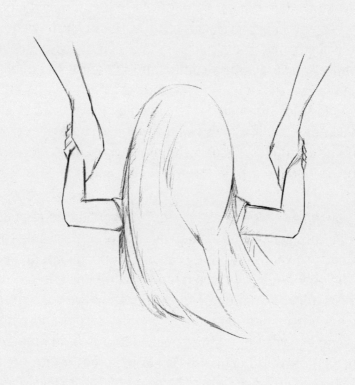

A pequena Helena presta atenção à conversa da mãe com a costureira.

— Ela sabe? — Pergunta a costureira.

— Não! — Diz Doraci.

Helena não entende, mas sente algo diferente no ar, como se fosse um segredo a ser desvendado. A pequena Helena tem dois irmãos, Flávia e Flávio. Os três crescem em um ambiente saudável, estudam em escola particular e têm uma vida diria invejável para a época, início dos anos 80. Doraci não trabalhava fora e sua única missão era cuidar da casa e dos filhos, enquanto Joventino trabalhava duro como caminhoneiro. As crianças cresciam e Doraci, por ter sido formada com uma criação onde a agressão física era medida de correção, aplicava agressões principalmente na filha mais velha, Helena. As agressões eram por motivos variados, desde Helena não conseguir cuidar dos irmãos menores até pela tarefa escolar que não conseguia fazer sozinha.

Nas férias Helena e os irmãos iam passear na casa dos avós paternos, e a diversão era garantida, principalmente com a presença de vários primos e primas. Eis que, na fazenda dos avós, Helena também percebia um clima de mistério na conversa dos adultos, mas o que mais a incomodava era a forma como era tratada diferente. Um rótulo foi lhe colocado, como, por exemplo, "você é muito custosa" e por isso não merecia alguns mimos, como ganhar bicicleta junto aos outros netos, ou receber alguma joia. Sempre havia motivos para que Helena não tivesse garantido seu presentinho de natal ou qualquer outro mimo que os demais netos recebiam, mas a menina não entendia o real motivo.

Helena foi ficando mocinha e o interesse por rapazes foi crescendo ainda na adolescência. O seu despertar foi incentivado por mulheres mais velhas como tias e pessoas próximas com perguntas do tipo:

— Já está mocinha! Tem namoradinhos?

— Já tem peitinhos, não pode deixar os rapazes pegar.

Os comentários eram variados e o rubor sempre subia as faces de Helena. Eis que Doraci e Joventino tinham um casal de amigos, seus compadres que também tinham três filhos, e as famílias viviam juntas. Em um dos almoços de domingo, Doraci deixou as crianças para trás na casa da comadre para brincarem.

Foi então que a vida de Helena mudou para sempre. O pai das amiguinhas atraiu Helena para a sala, sentou-a em seu colo e levou as mãos às partes íntimas de Helena, que, assustada, não se mexeu. Era uma sensação estranha, mas ao mesmo tempo ruim. Helena, ao chegar em casa, contou para a mãe o que tinha acontecido. A mãe de Helena não acreditou nela, frustrada Helena decidiu se calar e não tocar mais no assunto.

As férias chegaram e Helena, Flávia e Flávio foram para a fazenda dos avós. Era incrível como aquele lugar era mágico para Helena. A fazenda tinha tudo, curral, galpão, uma casa imensa, plantação de café, um quintal cheinho de pés de frutas variadas, um lindo pomar, onde Helena e os primos brincavam o dia todo. Um feriado nas férias trouxe uns parentes da cidade em Minas Gerais para a fazenda; junto deles um primo, meio distante, já adulto, veio também.

No intervalo das brincadeiras, Helena gostava muito de assistir à televisão, e um dia, na sala, sentada no sofá ao lado do primo, esse começou a acariciá-la. Helena já conhecia aquela sensação e ficou estática. Um misto de medo e nojo se formou na cabeça e no estômago dela, que na primeira oportunidade saiu correndo. Nunca mais Helena chegou perto dos primos e se tornou uma criança introspectiva e chorona. O retorno das férias era sempre marcado por tristeza em deixar aquele lugar mágico. Mas o retorno às aulas era gratificante. Helena sempre foi boa aluna, sempre gostou de estudar, ao contrário do seu irmão Flávio, que dava muito trabalho para ir e permanecer na escola.

Como Helena havia se tornado uma criança chorona e agressiva, sua mãe Doraci já não sabia mais o que fazer com ela, e foi então que sua cunhada pediu para que ela passasse um final de semana em sua casa na companhia de seus filhos, pois isso faria bem a Helena. O marido da mulher, valendo-se da oportunidade de encontrar Helena sozinha na cozinha, aproximou-se, tocou-a e disse para Helena que fosse até o porão, que ele queria lhe mostrar uma coisa. Helena percebeu imediatamente quais eram as intenções do homem e, num misto de medo, nojo e desespero, pegou sua sacola e fugiu. Chegando à casa, inventou para a mãe uma mentira, que foi imediatamente desmascarada pela tia ao telefone. Helena ficou de castigo e naquele ano reprovou na escola, o que fez que sua mãe Doraci tomasse a decisão de tirá-la da escola particular e colocá-la na escola pública como forma de punição. Helena buscou atenção e colo com sua avó Filó, com quem convivia muito. Os avós maternos eram sua paixão.

Filó sempre muito carinhosa e atenciosa, dava o carinho de que Helena necessitava, conversava com ela e trazia muitos ensinamentos da igreja católica, enquanto a avó paterna era espírita e lhe ensinava coisas sobre a doutrina. Helena cresceu no meio das duas religiões, apreciando a seu modo os ensinamentos que recebia das avós. Foi assim que Helena ouviu e viu Chico Xavier pela primeira vez, ainda na infância, aos 12 anos. Como Helena havia reprovado de ano, um de seus castigos foi não ir para a fazenda dos avós paternos, passando as férias com os avó maternos. O que Doraci mal sabia era que Helena também era feliz naquela fazenda, portanto, para Helena, não era castigo nenhum estar ali na presença de Filó.

Filó era uma mulher sofrida, casara-se com José em um casamento arranjado, o que naquela época era muito comum, e tivera seis filhos. Helena era apaixonada pela avó Filó, admirava-a e respeitava-a. Sempre que fazia orações, pedia a Deus para nunca levar sua avó embora. Filó era muito gentil, falava sempre mansamente, tinha muitos conselhos bons, mas foi pouco ouvida por Helena, que na adolescência ficara rebelde.

Helena ajudava nos afazeres da casa na fazenda, cuidava da horta junto de sua avó e aprendeu cedo os dotes culinários da avó. Uma das coisas que mais encantava Helena eram os pés de morango que a avó plantava. Depois de colhidos ela fazia geleia. A casa cheirava a morangos e isso enchia Helena de felicidade. O avô José também pedia ajuda da pequena Helena para os afazeres do campo e ela juntamente de Márcia, sua tia da mesma idade, viviam a vida despreocupadamente: iam para a lagoa se banhar, brincavam com os bezerros mais novos e corriam pelos campos. Ali, naquele lugar ao lado de José e Filó, Helena estava segura. Filó por ser uma mulher praticante da doutrina católica ensinava a Helena rezas, cantos e a leitura da bíblia. Fazia nas redondezas muitas reuniões de oração, denominadas novenas, encontros em que havia a participação de todos os vizinhos de fazenda.

As férias terminaram e Helena voltou para casa, a nova escola a esperava. A escola era pública, próxima à sua casa, então ela iria caminhando sozinha todos os dias pela manhã. Helena estava já com 12 anos e sua mãe a colocara na catequese. O que Doraci não sabia era que Helena odiava a catequese e a freira que ministrava os ensinamentos. Isso porque Helena via como era rude a forma de falar de Deus e como a freira colocava Deus e Jesus como pessoas más, que puniam por tudo.

Helena estava habituada a ouvir de Filó e da avó paterna sobre um Deus de amor e de misericórdia, um Deus de refrigério, não aquele ser que iria punir por tudo. Mesmo resistente, Helena concluiu a catequese. Concomitantemente à catequese, Doraci matriculou as filhas na aula de dança, mas Helena mais uma vez se sentia deslocada. Era incrível como Helena tinha a sensação de deslocamento. Na família era sempre aquele clima de mistério, na escola se dava melhor com os meninos do que com as meninas, na dança estava sempre à direita enquanto o restante da turma estava à esquerda. Não conseguia se encontrar na dança, o que fez com que sua mãe a tirasse das aulas.

Helena estava ficando mocinha. Um belo dia percebeu que estava sangrando, eis que era um momento muito aguardado, pois suas colegas já estavam menstruadas e ela ainda não. Ao chegar perto da sua mãe e mostrar-lhe a situação, a mãe secamente pediu que abaixasse a calcinha. Helena não se sentiu acolhida e ainda ficou envergonhada com a atitude da mãe. A mãe providenciou muitos tecidos para Helena utilizar como barreira higiênica. Naquela época era comum usar tecidos durante o ciclo menstrual e depois lavá-los e reutilizá-los. Apesar de Doraci usar absorventes comerciais, ela não disponibilizava para as filhas.

As aulas começaram e Helena logo fez amizades na escola. É importante ressaltar que Helena tinha facilidade de se relacionar, sempre fazia amizades, mas ainda era introspectiva às vezes. Uma novidade interessante na nova escola era a disciplina de Educação Física: a professora parecia um general e o uniforme de Educação Física era diferente do uniforme regular da escola, tinha uma camiseta branca e um short curto com elástico nas coxas e era azul marinho — e ela achava engraçado aquele modelo. Helena mais uma vez se viu deslocada dos esportes que eram oferecidos nas aulas. Ela não gostava das brincadeiras de queimada, pois onde a bola era arremessada doía muito; não gostava de handebol porque era violento; sobrava o vôlei em que ela conseguia praticar sem muita rapidez ou sem a violência das outras práticas.

A escola nova também era novidade pois tinha que escrever à caneta e Helena estava maravilhada com a caneta azul nas folhas do caderno. Uma outra coisa diferente nessa escola era o fato de não poder chamar as professoras de tia, e sim por professoras. Isso faz lembrar a obra de Paulo Freire *Professora sim, tia não*!

Helena crescia em graça e sabedoria, sempre muito ativa em casa e na escola. Ia tomando rumo para a adolescência. Sua tia Márcia estudava na mesma escola, porém numa classe um ano à frente de Helena, e nessa fase do ginásio veio morar na cidade com Doraci. Helena e Márcia iam juntas para a escola. Até ali tudo estava indo bem. As novas amizades de Helena na escola não agradavam Doraci, enquanto Helena estava maravilhada com o novo mundo. As meninas eram descoladas, todas namoravam e algumas fumavam escondido. Helena estava ali no meio daquele pessoal, porém mais uma vez se sentia deslocada, como se não fizesse parte daquele mundo moderno.

As meninas já não eram mais virgens e contavam suas intimidades para Helena, que ficava curiosa para saber e entender que universo era aquele. Um dia, visitando com a avó Filó a casa da tia Osvandina, viu na porta um jovem com cabelos compridos, de jaqueta jeans descolada, agachado arrumando sua motoneta, mais conhecida na ocasião como mobilete. O rapaz não percebeu a presença de Helena, mas ela ficou reparando no rapaz. Algo novo despertou em Helena como se fosse um aviso, uma intuição. Logo o rapaz partiu e Helena esqueceu daquele momento.

Há que se dizer sobre as intuições de Helena, ela nunca soube explicar, mas tinha muitas intuições sobre muitas coisas.

Um dia sonhou que seu pai Joventino a levou até a lua, em um veículo fusca azul celeste e a abandonou lá na lua com um homem que a recebeu carinhosamente e ofereceu-lhe jujubas coloridas. Esse homem no sonho disse "sou seu pai verdadeiro". Helena acordou aos prantos e durante muito tempo não entendeu o sonho, pois sempre teve ao seu lado o Joventino — mal sabia ela que não era filha biológica dele. Um outro sonho que se repetiu durante longos anos na vida infantil de Helena foi de ela num quarto de bebê maravilhoso, com parede rosa em tons pastéis, um berço lindo com dossel, onde as amigas vinham e depositavam as bonecas em formato de bebês mesmo. Quando Helena vinha colocar a boneca bebê dela, não havia colchão, era um céu negro estrelado e a boneca bebê caía no universo.

Esse episódio aconteceu várias vezes e mais tarde Helena conseguiria interpretar ambos os sonhos repetidos. Além disso, ela tinha um sonho com um rio gigante que se perdia na visão, e a água lambia lentamente os pés dela. Era sempre uma água escura. Foi assim, com essas intuições e sonhos estranhos, que Helena adentrou na adolescência.

A adolescência

Como toda adolescente, Helena se encontrava na fase rebelde, tinha sentimentos de rejeição com a mãe, mas idolatrava o pai. Evitava ficar em casa e qualquer razão era motivo para sair e ficar na casa da vizinha ou ir para a casa da Tereza, ajudante de Doraci. Helena comia um único alimento, arroz com feijão na casa de Tereza, e sentia-se feliz. Ao contrário, em sua casa tinha tudo, pois o pai não lhes deixava faltar nada. O pai não tinha cabeça para os negócios e muitas vezes viviam do dinheiro da herança, uma vez da avó e mais tarde do avô paterno. Helena gostava de ouvir som alto, e curtia muito música popular brasileira. O som alto incomodava a vizinha Isaura que era professora e sempre vinha reclamar e pedir para abaixar o som, mas Helena no auge da rebeldia fingia que abaixava e logo suspendia o som novamente. Mais tarde Helena iria provar do mesmo veneno. Quando não estava ouvindo som, Helena assistia à televisão, os programas musicais eram os seus preferidos.

Foi numa tarde dessas, tomando uma vitamina de frutas e assistindo à televisão, que a campainha de sua casa tocou. Ao abrir a porta, Helena se deparou com o rapaz da motoneta, ali, parado, bem na sua frente. Ele disse "boa tarde" e perguntou pela sua tia Márcia, que não estava em casa naquele momento. Helena ficou sem ar diante do moço e mal conseguiu explicar que Márcia não estava em casa. Quando Márcia chegou, Helena foi correndo perguntar quem era o rapaz que esteve na sua casa à procura dela e a tia explicou que era Lino, seu colega de escola, e que iriam fazer um trabalho escolar juntos. Helena eufórica pediu que a tia lhe apresentasse Lino e, por incrível que pareça, mais tarde, Helena descobriu que Lino também havia se interessado por ela. Márcia apresentou os dois que imediatamente começaram a namorar escondidos, pois Joventino era muito sistemático e não iria permitir o namoro, ao contrário de Doraci, que não se importava e ainda ajudava os dois com encontros na casa de Helena quando Joventino estava viajando. O namoro fluía bem e as colegas da escola riam dela porque ela era muito careta — termo usado na época para descrever pessoa muito antiquada.

Lino um dia convidou Helena para ir até sua casa, pois seus pais estavam na fazenda. Os dois combinaram depois da escola de se verem, o que para Helena não era problema pois sua mãe não era atenta às atividades da escola e aos horários dela. Lá se foi Helena após a aula visitar Lino. Ele mostrou a casa, apresentou os cômodos, explicou como era a vida deles ali e os dois conversaram pouco, pois Lino partiu para cima de Helena e os dois ficaram ali, beijando-se por longo tempo, até que Lino subiu a mão pelas costas de Helena por dentro da blusa e trouxe-as até seus seios. Helena pulou para trás e disse que não. Ele insistiu e perguntou:

— Você não me ama?

Helena disse que sim, que o amava, mas que não queria aquilo. Ele, então, percebendo a resistência dela, disse:

— Se você me ama, me dê uma prova de amor!

Helena sabia bem o que aquilo significava e foi embora imediatamente. Ao buscar apoio das amigas, principalmente da amiga Veruska, essa riu da cara dela e disse:

— Não tem nada demais, você só precisa se entregar, o resto eles fazem, a gente se diverte, sua boba!

Mas Helena não se sentia preparada para o feito e acabou se afastando de Lino. Alguns dias se passaram e Helena virou chacota entre as amigas que acabaram excluindo-a das conversas e que, sempre que podiam, riam dela. Mas Helena seguia firme, porém com muita saudade de Lino. Um dia saindo da escola, viu a garota mais bonita da escola pegar carona na motoneta dele e nesse dia chorou copiosamente. Resolveu que não ia deixar barato, não, e foi tirar satisfação. Ele riu dela e acabou convencendo-a que era dela que ele gostava e era com ela que ele queria estar.

    Lino era pouco mais velho que Helena, ela tinha treze e ele tinha dezoito anos. Ele estava entrando na faculdade, acabara de ser chamado para servir o exército e o pai o presenteara com um carro, modelo fusca. Ele retirou o escapamento do carro e esse fazia um barulho quando acelerava. Ele passava na porta da escola e dava uma acelerada, o que fazia com que Helena em sala de aula se sentasse próximo à janela. Quando ouvia o barulho, punha-se de pé para vê-lo passar. O namoro ia se firmando a contragosto do Joventino e com permissão de Doraci, até que as coisas esquentaram e foi ficando difícil para Helena se manter virgem, pois a pressão de Lino e das amigas era muita. A convite de Lino, num belo dia, Helena foi à sua casa. Nesse dia foi disposta a dar a tão sonhada prova de amor na qual Lino vinha insistindo. Para o feito, Helena se preparou da melhor forma, marcou com a amiga de ir à sua casa e pedir a seus pais para saírem juntas. Com a permissão dada, ambas saíram, porém, a amiga Veruska voltou para sua casa e Helena seguiu para a casa de Lino.

    Não havia nenhum preparo ou uma situação romântica ali. Havia somente a casa e ele, ansioso para consumar o fato. Helena se entregou a ele na mais pura ingenuidade, esperando que fosse como nos filmes, mas foi doloroso e incomodativo. Ao término, ela teve uma crise de choro e pensou nos seus pais e seus avós, Filó e José. Lino foi indiferente ao seu choro. O namoro seguiu e agora com mais frequência eles ficavam juntos. E continuava sendo desagradável para Helena, que cedia para agradar a Lino. Os meses se passaram, tudo seguia normalmente, até que um dia Helena contou a Filó o que vinha acontecendo. Filó chorou muito e disse que estava muito decepcionada com ela, passou-lhe um sermão e ficou muito brava. O que Filó não sabia era que as coisas iriam se complicar muito a partir de então.

Há de se fazer um breve relato aqui sobre um amigo de Lino, chamado Aurélio. Esse gostava muito de conversar com Helena e tinha uma namorada. Helena e Aurélio ficaram juntos algumas vezes e, em um belo dia, numa tarde ensolarada, Lino e Aurélio apareceram de supetão na casa de Helena para que ela decidisse com quem ela queria ficar. Helena optou por Lino — mal sabia ela que essa escolha iria repercutir negativamente em sua vida para sempre.

Um dia, numa tarde de muito calor, Helena, sentada à mesa da copa, fazendo as tarefas da escola, sentiu a blusa molhar, olhou, não entendeu quando foi que derramou a água que estava bebendo na blusa e não deu importância. Eis que noutro dia a situação se repete, então Helena vai até a mãe e diz:

— Mãe, olha, meu seio está vazando.

Doraci olha perplexa para a filha, mas não diz nada. Alguns dias depois, Doraci pede que Helena se arrume, pois iriam sair. Doraci havia marcado uma consulta médica para Helena. Durante a consulta, o médico pergunta para Helena:

— Já tomou remédio?

Helena responde:

— Só quando tenho dor de cabeça.

O médico impaciente diz:

— Tomou anticoncepcional?

Helena mal sabia pronunciar a palavra esquisita, responde que não e pergunta o que era isso. O médico nem se deu ao trabalho de respondê-la. Ele a encaminha para a salinha ao lado e pede para que ela levante a blusa. Helena lhe obedece olhando para a mãe. O médico explica a Doraci que a linha alba já está presente na barriga e a menina não entende nada sobre a conversa que eles dois têm na sua frente. Ela é encaminhada para a sala de exames, a mãe em silêncio não explica nada do que está acontecendo. Uma moça atenciosa pede que ela se deite na maca e prepara um aparelho, que mais tarde Helena saberia se tratar de um aparelho usado para fazer um exame que se chamava ultrassonografia. Um outro médico entra na sala, cumprimenta Doraci e começa o exame. Ninguém fala nada com Helena e ela se sente invisível e deslocada. Um som parecido com batidas de coração é propagado dentro da sala e o médico diz ironicamente a Doraci:

— Parabéns, você vai ser vovó!

Ainda sem acreditar no que acontece, Helena, assustada, pensa: "será que estou grávida?". E pergunta à mãe:

— Por que esse médico disse isso?

Doraci em prantos não responde Helena — ignora-a. Helena desce da mesa de exames e acompanha a mãe até a casa. Elas vão caminhando e a mãe chora o percurso todo sem abrir a boca. Helena sente que há algo errado, mas ainda está meio zonza sem entender as coisas, até que, não aguentando mais, pergunta à mãe o que estava acontecendo.

— Você está grávida, Helena! Grávida!

Helena se cala e continua andando. Dessa vez, sem sentir o chão abaixo de seus pés. Pensando exclusivamente no que faria, no que as pessoas iriam pensar e no que seu pai iria fazer com ela. Naquele mesmo dia, os pais dela procuraram os pais de Lino e marcaram uma reunião à noite. Quando Lino chegou com o pai na casa de Helena, Doraci disse para que esses fossem para outra sala e deixassem os adultos a sós para conversarem. O pai de Lino e Joventino não entraram em acordo, pois Joventino foi arrogante, e disse que não precisava de nada vindo da família deles. Os dois se desentenderam em questão de minutos e o pai de Lino usou a expressão debochada:

— Então segure sua cabra que meu bode está solto!

Helena não entendeu nada, mas mais tarde soube que a atitude de Joventino tinha isentado Lino de suas responsabilidades, atitude que nunca mais seria corrigida. Pronto! Agora, além de grávida, Helena estava sozinha, sem o amor da sua vida e na boca do povo.

Era final dos anos 80 e muita coisa acontecia no país naquele momento, mas Helena seguia alienada. Joventino deixou de falar com Helena e sequer olhava para ela. Se ele estava na sala e ela entrava, ele saía; se ele estava na cozinha e ela chegava, ele se levantava da mesa. Essa situação perdurou por anos. Helena estava com seis meses de gestação e, devido à sua infantilidade de treze anos, não sabia nada do que acontecia com seu corpo, e para piorar não fazia pré-natal.

A notícia se espalhara pela cidade. Todos sabiam da gravidez de uma menor de idade e achavam absurdo. As amigas, principalmente Veruska, foram proibidas de se aproximar de Helena, que passou a ser um mau exemplo. Na escola, quando Helena chegou para assistir à aula, foi recebida pela coordenadora pedagógica e pela diretora: ambas impediram que Helena adentrasse na escola por ser considerada um mau exemplo a ser seguido pelas outras garotas.

— Aqui você não entra mais! Disse a coordenadora.

Ela retorna para casa, triste, chorando, cabisbaixa. Quero ressaltar aqui que, para chegar até à escola, Helena passava pela porta do trabalho de Lino e seu pai, e todos viam a grávida passar, ninguém falava nada, era como se novamente Helena estivesse deslocada e agora invisível aos olhos de Lino, que nunca mais falara com ela.

Seus pais decidiram que levá-la para a fazenda era o melhor a ser feito. Foi para a casa de Filó que Helena se refugiou até a chegada da criança. Na fazenda, ficou sem fazer pré-natal, apenas deixando os dias passarem e as pessoas esquecerem da sua gravidez, como se isso fosse possível naquela ocasião. Doraci não contava com ajuda de Joventino para os preparos da chegada da criança, então foi até a prefeitura e pediu ajuda no serviço social. Seu pedido foi atendido e a assistente social entregou uma caixa de enxoval contendo um cobertor, um tecido para flanela, um tecido para confeccionar roupinhas de bebê. A sorte era que a vizinha de Doraci, costureira de mão cheia e comovida com a situação, fez todo o enxoval para a chegada do bebê. Com a gestação avançada, Filó levou Helena para a cidade para ter o bebê. Foi em meados de fevereiro que Helena começou com as contrações e, com ajuda de Doraci, foi para o hospital. Durante o momento das contrações, Helena gritou de dor, e a falta de humanização fez com que o profissional médico na sala de parto proferisse a seguinte exclamação:

— Na hora de fazer achou bom né?!

Isso fez com que Helena se retraísse e chorasse em silêncio para que o bebê pudesse vir ao mundo da melhor forma possível. Mais tarde, ela aprendeu que isso era considerado violência obstétrica.

Às 23 horas, nasceu de parto natural um belo menino, todo cabeludinho, de bochechas redondas e mãozinhas gordinhas. Helena era o comentário mais visível do hospital, todos iam ver a menina de treze anos que havia parido naquela cidade. Era constrangedor, mas Helena tentava ignorar. Era tudo novidade e assustador, o parto, o peito cheio de leite, o ambiente hospitalar, o umbigo ferido do bebê, tudo a deixava com medo e mais silenciosa. Não teve presença paterna, não teve apoio, apenas ela e Doraci ali, juntas com aquele novo ser. Helena escolheu o nome do bebê, queria colocar o nome do avô José, mas, infelizmente, devido à pouca idade e às leis da época, não pôde registrar seu filho, ficando a cargo de Doraci essa responsabilidade. A avó escolheu o nome de um ator de uma série americana, John, para ser o nome do bebê. Helena ficou muito triste e nunca se acostumou com o fato de não ter podido escolher o nome do próprio filho, sem contar que não tinha o nome do pai no registro de nascimento.

Quando Helena estava no hospital, Filó foi até a casa dos pais de Lino, que a receberam com quatro pedras na mão e disseram que daquela casa não sairia um centavo para criar a criança. Isso foi dito pela avó paterna de John, que nunca quis saber da criança, ignorando o fato de o bebê não ter culpa da mãe de treze anos e do pai de dezenove terem trazido ao mundo um inocente. Tudo isso foi dito com consentimento do avô e de Lino.

A maternidade

Com a chegada de John, Helena teve sua vida transformada: abandonou a escola, ficou reclusa em casa, única e exclusivamente para a criança. O bebê chorava e ela chorava junto, não sabia o que ele queria, não sabia o que fazer. Sempre com o apoio de Doraci, ela cuidava do bebê. Quando John completou seis meses, Helena, valendo-se da ausência de Doraci, ligou para Lino e pediu que ele fosse visitar e conhecer o bebê. Ele aceitou com muita dificuldade, com a insistência de Helena, acabou cedendo. Lino chegou, desconfiado, olhando para o bebê no colo de Helena. Sem graça, tentava puxar assunto. Helena colocou o bebê no colo dele, que brincou meio sem jeito com John. Lino hora nenhuma perguntou do que John precisava e como estava Helena, apenas se deixou ficar por ali apaticamente. Quando o bebê adormeceu no colo da mãe, Lino partiu para cima de Helena e os dois acabaram ficando juntos novamente. Ele saiu de lá prometendo amor e casamento, disse que bastasse Helena saber esperar que ele iria se formar e os dois ficariam juntos. Lino nunca mais atendeu ligação nenhuma de Helena e arranjava outras mulheres — conforme ele se envolvia, as pessoas vinham contar a ela.

O que os dois não sabiam é que, apenas uma única vez juntos, Helena engravidaria novamente. Helena ficava sempre em casa, às vezes ia à casa da vizinhança, e nessas idas acabou se enamorando pelo filho da vizinha. Nada demais aconteceu nesse namoro. Um belo dia, Helena percebeu que sua menstruação estava atrasada e foi desesperada procurar Lino. Quando ela falou do que se tratava, os dois juntos desesperados decidiram que o melhor era não ter a criança. Lino se prontificou a providenciar a forma como iriam fazer isso.

— Meus pais não podem saber disso! Disse ele.

Uma semana se passou e Lino apareceu com um frasco marrom em mãos e disse a Helena que era só ingerir o líquido e aguardar. O desespero era tanto que ambos tremiam com a decisão e a imprudência. Mas sozinhos e com medo, ela com quatorze anos e ele com quase vinte não poderiam ter outro filho. Nessa perspectiva, Helena bebeu o líquido. Três dias se passaram e nada acontecia, ela apreensiva aguardava alguma reação. Deitada no sofá da sala, assistindo à televisão, em uma noite, adormeceu. Quando acordou, sentiu um calor entre as pernas e estava sangrando muito, não conseguia segurar o sangramento, pediu ajuda e mais uma vez Doraci foi ao hospital com Helena, que teve que passar por um procedimento de curetagem. Ao ser procurado Lino jurou que não tinha conhecimento de gravidez nenhuma e que não sabia do que se tratava. Diante da situação, Doraci não pôde fazer nada, mas decidiu enviar Helena para a casa de Filó na fazenda, pois, a cada oportunidade, Helena fugia de casa para encontrar Lino e deixava John com Flávia, que era apenas uma menina.

Sem contar que, para ficar perto de Lino, Helena chegou a tamanho desespero que se envolveu com um dos funcionários da empresa do pai de Lino em troca de informações sobre ele. Dando tanto trabalho, Doraci tomou a decisão de enviar Helena para a casa dos avós maternos. Na fazenda, não foi difícil criar John na presença dos bisavós. Cercados de muito amor e compaixão, eles cresciam juntos, mãe e filho. Ficaram lá até o início dos anos noventa, quando Filó decidiu ir às missões da igreja católica. Uma vez mais, vendo-se na cidade, a oportunidade batia à sua porta e Helena e Lino de novo se encontravam. Helena chorava e argumentava que queria ficar com ele, mas Lino era categórico que precisava se formar na faculdade primeiro e que iria assumir e registrar o filho futuramente. Era tudo muito cômodo para Lino, pois ele não tivera que renunciar a nada, sua vida seguia o curso normal e livremente, ao contrário de Helena, que ficara presa nesse relacionamento com expectativas. Terminaram-se as missões e todos retornaram para a fazenda. Alguns meses depois, a tia de Helena foi à fazenda em um domingo visitar a mãe Filó. A tia de Helena, do nada, abruptamente diz a Filó:

— Mãe, a Helena está grávida, pode investigar, olha o tamanho da barriga dela!

Filó, assustada, argumenta:

— Não é possível!

Mas sim, era possível. Ela e Lino nunca se preocuparam em se proteger ou se prevenir, ambos irresponsáveis ficavam juntos despreocupadamente, Helena só pensava em se entregar e ceder, pois, no seu entendimento, essa era uma forma de garantir que Lino não a esquecesse e ambos se casassem formando uma família.

Não foi o que aconteceu. Ao confirmar a gravidez de Helena, Filó foi em busca de tirar satisfação de Lino que, chorando, juntou os pés e disse:

— Eu juro de pé junto que essa criança não é minha!

Filó não teve outra atitude a não ser conformar-se que a neta iria ter um outro filho sem pai. Dessa vez, foi tudo pior para Helena. Ninguém a ajudou e ela teve que se virar para preparar o enxoval da criança. Filó, diante dessa nova gravidez, não pôde apoiá-la, pois era insistir no erro. Assim Helena foi para a fazenda de um tio, um casebre, sem energia elétrica, com o chão de terra batida e água no poço. Ali Helena ficava dias na fazenda. Nunca fez pré-natal e teve que juntar as poucas roupas que John usou quando nasceu e dez fraldas de tecido para receber a chegada do bebê. Foi no final do ano de 1990 que nasceu o terceiro filho de Helena e Lino, um menino forte e saudável, de pele morena como o pai. E, mais uma vez, Helena, após três anos e nove meses, trazia um filho ao mundo aos dezesseis anos. Deu a ele o nome de Heitor, mas não foi registrado pelo pai, somente pela mãe. E assim sua adolescência foi marcada por três gestações, dois filhos e solidão.

    Ter filhos na adolescência em um país que ainda não tinha uma constituição firmada, onde o Sistema Único de Saúde ainda não havia sido implantado, foi desafiador em vários aspectos, mas o difícil não eram as barreiras do sistema político brasileiro na época, e sim as barreiras atitudinais. As atitudes das pessoas em relação a uma adolescente mãe solteira eram extremamente preconceituosas. Havia uma mulher muito fina com duas filhas. Ela impedia que as filhas cumprimentassem Helena, pois ela não era um modelo a ser seguido. Mas o que mais incomodava Helena era a falta que a sua amiga Veruska fazia, aliás, ela sentia falta de alguém para conversar, para falar sobre assuntos que talvez fossem inerentes à sua idade. Mesmo sendo mãe de dois meninos, ela se sentia sozinha como pessoa. A maternidade a preenchia nos outros aspectos, ela era uma criança cuidando de duas crianças. Logo teve que arrumar um trabalho, mas, como não tinha estudo, teve que se virar como doméstica. Numa dessas situações que se vê frequentemente na televisão, Helena foi protagonista, mas dessa vez ela assumiu os erros de forma a arcar com todas as consequências geradas.

    Em uma de suas fugas — ela dava pequenas escapadelas de vez em quando —, sua mãe, Doraci, perdeu a paciência e, num surto de raiva, colocou-a para fora de casa, não sem antes se atracar com ela. Helena então se viu numa situação muito mais complicada, com duas crianças, sem saber aonde ir. Procurou a casa de Márcia, que já era casada com Túlio e, por incrível que pareça, que tinha tido Túlio Filho no mesmo dia em que Heitor nascera, ficando as duas no mesmo hospital. Márcia acolheu Helena com as crianças e nesse dia Helena não pregou o olho chorando grande parte da noite. No dia seguinte Márcia falou com sua sogra que precisava de uma diarista e indicou-lhe Helena, que iniciou o trabalho na semana seguinte. Helena sentiu que não poderia ficar na casa de Márcia e sua avó Filó juntamente da vizinha Sueli arrumaram uma edícula para que Helena morasse com as crianças. Sueli deu o dinheiro do primeiro aluguel — a questão é que Helena não tinha nada além de suas roupas e das roupas das crianças.

Mas Filó, sendo a pessoa que era, providenciou um fogão e utensílios de cozinha para que ela pudesse cozinhar para as crianças. Não tinham cama e dormiam em um carpete no chão. A dureza chegou e pegou Helena e as crianças. Helena colocou as crianças na creche pública e pegou várias casas de família para limpar como diarista. Ela se sentia só, e muitas vezes as lágrimas corriam por seu rosto jovem e tão sofrido. A vida ficou difícil, mas Helena seguia firme, com uma força que só Deus poderia lhe permitir, assim como os olhares dos meninos sobre ela que a faziam lutar incansavelmente. As freguesias de Helena eram muito solidárias, pois ela era uma garota de dezessete anos com dois filhos e muita garra. Um de seus fregueses tinha uma lanchonete e, de vez em quando, dava sanduíches grátis para Helena e as crianças, por vezes ganhava cesta básica. E assim Helena foi criando os filhos e lutando bravamente, porém a vida era dura, batia sem dó.

Um erro necessário

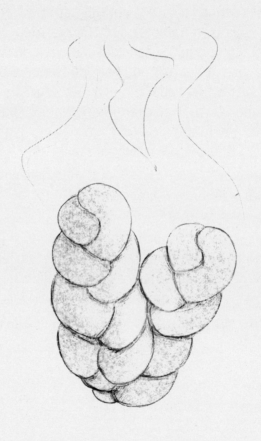

A vida seguia seu curso livremente e Helena caminhava sobre as pedras seguindo o curso que fluía. Trabalhava em várias casas de família, levava e buscava os filhos na creche e havia conseguido, com sua avó Filó, convencer os pais a lhe darem a sua cama e esses não se opuseram — entregaram-lhe a cama. Helena seguia sem falar com Joventino, sem frequentar a casa da mãe, apenas com apoio de Filó. O pagamento mal dava para aluguel, água e luz, e às vezes faltava o básico. Um dia a vizinha se incomodou com o choro de Heitor, pois naquele dia a creche estava fechada, e ele estava com fome e o leite havia acabado. A vizinha, chamada Hozania, chamou-a no muro da casa e perguntou o que estava acontecendo. Helena explicou-lhe a situação e a vizinha disse:

— Vou colocar um copo de leite aqui no muro todos os dias à noite e você faz a mamadeira de Heitor, ok?!

Hozania não queria que o marido visse que ela estava tirando do leite de consumo da filha para ajudar a vizinha mãe solteira. E assim fez, por vários meses, a doação do leite. Helena completava com água e açúcar e dava aos filhos.

Era árdua a vida de Helena e ela não reclamava, sempre procurava alternativas. Em uma ocasião, ela entrou na padaria da qual passava pela porta todos os dias e sentia o cheiro de rosca assada. Disse ao dono da padaria:

— Senhor, eu não tenho dinheiro, mas se o senhor confiar, eu vou levar uma rosca e quando eu receber passo aqui e te pago!

O senhor, meio desconfiado, vendeu-lhe a rosca fiado. Foi o primeiro crédito da vida de Helena. Mas as coisas não poderiam fugir-lhe do controle e continuava faltando a ela o básico, pois seu salário era insuficiente, final da década de noventa não havia leis trabalhistas que garantissem as empregadas domésticas ainda.

Certo dia, na casa do Sr. Júlio, não havia ninguém e Helena estava terminando seu serviço quando foi abordada pelo patrão. Ele disse que, quando ela terminasse o serviço, a levaria à sua casa. Helena não quis aceitar, mas o homem foi categórico e incisivo. No caminho para casa, ele disse a Helena:

— Sei da sua vida e da sua luta e quero te fazer uma proposta.

Helena, percebendo a seriedade do Sr. Júlio, pensou em algo relacionado a seu trabalho e salário. Mas a proposta, para surpresa de Helena, foi:

— Você dorme comigo e eu te proporciono uma vida de rainha.

Helena ficou perplexa diante da proposta absurda. Desceu do carro indignada, bateu com a porta e foi ter com seus filhos na creche.

Naquele dia, para piorar, Heitor estava com infecção de ouvido, pois foi muito novinho para a creche e praticamente não foi amamentado por Helena, cujo leite secou diante de tanta adversidade que enfrentava: muito jovem, emagrecida, com pouco dinheiro, duas crianças pequenas e sem apoio familiar. Helena chegou em casa e naquele dia também não teve o copo de leite, pois Hozania havia mudado de endereço. As coisas estavam piorando rapidamente, Helena ficava extremamente cansada com a jornada de trabalho, andava a pé, pois nem ônibus podia pegar para que o dinheiro desse no final do mês e, quando chegava em casa, tinha que cuidar da casa, das roupas que eram escassas e das crianças. Helena mal se aguentava de pé e por isso não conseguia brincar com as crianças. Fosse chuva ou fosse sol, ela saía com as crianças ainda com o céu escuro e levava-as para a creche. Um dia, num desses percursos, o Sr. Júlio a parou na rua e disse:

— Estou esperando sua resposta!

Helena parou, pensou e perguntou o que ela ganharia com isso. Ele disse:

— Primeira coisa que farei é tirar você dessa vida de doméstica.

Helena argumentou:

— Essa vida de doméstica não é problema para mim.

O homem arregalou os olhos espantados e disse:

— Então o que você quer, menina?

Ela disse:

— Comida! Conforto! Estudo! Escola para os meninos!

Um silêncio se fez entre os dois: ele dentro do carro e ela de fora. Ele concordou, acenando com a cabeça.

E perguntou:

— Que dia começamos?

Ela respondeu:

— Só tenho disponibilidade na sexta-feira.

Então marcaram na sexta à tarde. Não foi uma das piores sensações que Helena havia sentido, mas foi estranho, foi desconfortável. Naquele dia, ao deixar Helena em casa, ele disse:

— Vou descer, quero um copo d'água.

Na verdade, a água era uma desculpa para conhecer a casa dela. Não tinha geladeira, nem filtro. Ela ofereceu água da torneira. Ele em silêncio aceitou. No dia seguinte, no sábado à tarde, chegou à casa de Helena um caminhão de entregas. A entrega era em seu nome. Helena disse:

— Deve ser engano, eu não comprei nada!

O entregador afirmou que a entrega era para Helena e leu seu nome completo e confirmou o endereço. Ela aceitou e deixou que descessem o produto, aliás os produtos. Eram uma geladeira, um sofá e uma cama com colchão novinho. Mais tarde, Sr. Júlio apareceu e disse: "É só o começo, vou te ajudar com essas crianças", e deixou uma quantidade de dinheiro para que Helena pudesse ir ao supermercado fazer compras. Naquele dia dava gosto de se ver Helena e os meninos no mercado, comprando comida, sem se preocupar com o preço das coisas. A felicidade das crianças era comovente.

Mas o melhor estava ainda por vir. Ele a matriculou em um curso de informática. Ela tinha até quinta série primária. Ele conseguiu que a escola a deixasse cursar as aulas no laboratório de informática. Após o curso, Helena conseguiu arranjar um trabalho em um laboratório de análises clínicas como recepcionista e contratou uma ajudante de babá para cuidar dos meninos. Assim, esse acordo durou quase dois anos, até que Sr. Júlio veio a falecer, após um traumatismo craniano em um acidente de moto, deixando um pequeno seguro de vida em nome dela.

O dinheiro era pouco, não era muito, e ela comprou o ágio de uma casa financiada, mudou-se e passou a pagar as prestações do financiamento imobiliário com o salário que ganhava como recepcionista do laboratório e com uns bicos de passar roupa que fazia no final do expediente de vez em quando. Vale ressaltar que, no dia de receber o dinheiro do seguro, o pai de Helena, Joventino foi até o banco e pediu a ela dinheiro emprestado. Então, voltaram a se falar e Helena voltou a frequentar a casa dos pais com seus filhos. Durante todo esse tempo, Lino permaneceu longe de Helena e dos filhos: nunca os procurou.

Helena sabia da responsabilidade que era carregar o peso do falatório, por isso tentava se manter afastada da sociedade, ficando por conta dos trabalhos e dos meninos.

A justiça é cega

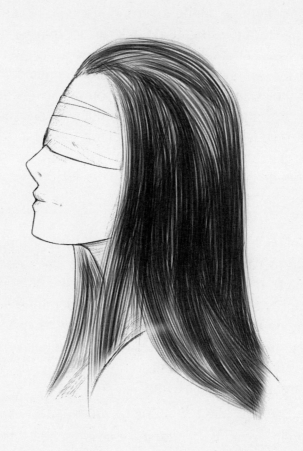

Heitor estava já com dois anos e John com cinco quando Helena conheceu um advogado e sua filha por intermédio de seu irmão. Ambos, muito famosos na cidade, ouviram sua história e decidiram ajudar de maneira pró-bônus. Helena queria o nome do pai no registro dos filhos, mas a advogada disse que ela tinha direito à pensão alimentícia. Começou aí a saga por reconhecimento de paternidade e pagamento de pensão. Nessa altura do campeonato, Lino estava terminando a faculdade, tinha carro, estava com uma namorada, ou seja, levando uma vida perfeita. Ele mal esperava que Helena tivesse coragem de entrar na justiça para garantir os direitos dos filhos. Quando recebeu a intimação, Lino logo tomou iniciativa de procurar ajuda do advogado da família e entrou com pedido de exame de DNA para comprovar paternidade.

Naquela ocasião, não era comum esse exame na cidade e foi outro escândalo envolvendo a Helena, ainda mais pelo fato de ela trabalhar na área. Foi um baque para Helena receber essa informação. Helena chorou por vários dias consecutivos, desolada com tamanha artimanha. No dia de colher o sangue das crianças e dos pais, Lino chega ao laboratório desacompanhado de advogado, conversa com a recepcionista, vai até Helena e diz: "não faremos o exame, pois eu não vou pagar". Eis que, juntamente a Helena, estava o promotor de justiça que chamou a atenção de Lino.

— Isso aqui não é brincadeira, meu rapaz!

Então o promotor, juntamente do juiz, pediu uma acareação entre o pai e os filhos. Foi marcada essa acareação quase um ano depois do episódio no laboratório, o juiz intimou Helena e as crianças. Em seu gabinete, o juiz analisou os meninos, verificou mãos, dentes e ficou olhando os rostos. Helena sentiu como se fossem escravos à venda.

Com a justiça muito lenta, nesse ínterim, não havia pagamento de pensão alimentícia para as crianças e Helena seguia trabalhando e educando as crianças sozinha. Depois da acareação realizada, o juiz determinou que fosse feito o registro das crianças em juízo e que o pai pagasse pensão alimentícia aos filhos, mais o material escolar. Afinal de contas, as crianças já estavam em idade escolar. Helena matriculou os dois meninos na escolinha particular mais próxima de sua residência, contando que receberia o dinheiro da pensão e que as coisas iriam melhorar. Quem ficou de pagar a pensão foi o pai de Lino, já que o filho não tinha trabalho fixo e renda.

Durante esses momentos no fórum, Lino sempre olhava Helena com raiva e desprezo como se ela estivesse cometendo um impropério. Helena seguia sua vida independente, cuidando dos filhos e sempre ligando para a empresa do pai de Lino para cobrar a pensão. Ela acabava recebendo várias desculpas. Ele pagava um valor inferior ao determinado pela justiça e ainda atrasava ou pagava em pequenas partes. Quanto ao material escolar, Helena ia à loja, separava-o e o retirava da loja para que depois Lino fosse lá e pagasse por ele. Era uma outra luta anual. E assim o tempo foi passando, a justiça não cobrou de Lino a pensão e o processo prescreveu. Os meninos cresceram sem pensão e sem a presença do pai. Mais tarde, os filhos entenderiam, essa era a esperança da mãe.

A paz de Cristo

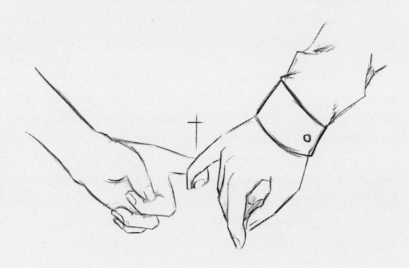

Os anos foram passando, Helena mudou de emprego, foi para um hospital grande, que garantia creche para as crianças e onde o salário era melhor. Ao longo dos anos, ela aprendeu a ser ágil na digitação e isso a diferenciava das demais colegas. Além disso, ela comprou uma moto para carregar as crianças e não andar mais a pé, o que passou a agilizar e muito sua vida ocupacional. No hospital, Helena fizera várias amizades e começara a frequentar a igreja evangélica. Os meninos tinham evangelização e Helena era feliz ali. Um belo dia, as mulheres da igreja pediram ao pastor que conversasse com Helena para que ela não fosse a frente ler e nem cantar pois era mãe solteira. Mais uma vez Helena se deparava com atitudes preconceituosas. Ela ficou descontente, continuou frequentando a igreja, até que um dia, no momento do culto, o pastor pediu para que os fiéis se cumprimentassem e desejassem a paz de Cristo uns aos outros. Foi nesse momento que Helena se virou e se deparou com os olhos verdes mais lindos que já vira. Aqueles olhos verdes também notaram Helena e ambos ficaram se entreolhando. Helena, nessa ocasião, já contava 22 anos e o rapaz da igreja provavelmente tinha a mesma idade. Os amigos da igreja se encarregaram de apresentar os dois, que logo começaram um romance.

Para Helena era difícil se relacionar, pois não tinha muito tempo e nem com quem deixar as crianças, mas ainda assim enamorou-se por Carlos. Logo os dois se casaram no civil. Na percepção de Helena, se ela se casasse obteria o respeito da família dela e da sociedade. Eles tiveram uma filha, a qual deram o nome de Alice. A vida com Carlos foi muito difícil, ele bebia com frequência e mudava o comportamento, afinal de contas, era outro jovem junto a uma jovem de dois filhos. Quando bebia, quebrava as coisas em casa e era violento com os filhos dela. Mas, pela Alice e pelo bem do casamento, Helena ia relevando as agressões. Houve uma ocasião em que ela para se defender dele jogou-lhe uma panela. Em outro momento ele acertou a cabeça de Helena contra a parede. Ela nunca contava para ninguém das agressões, alguns vizinhos sabiam e achavam absurdo, mas ninguém intrometia para ajudar.

Os meninos iam crescendo, agora eram três crianças na creche. Helena trabalhava muito, juntamente a Carlos, e ambos compraram um carro. Carlos era jogador de futebol, muito bom, mas sem juízo, o que culminou no não avanço de sua carreira futebolística.

Então foi trabalhar numa empresa onde Helena era freguesa e solicitara ajuda ao proprietário para dar uma oportunidade a Carlos, e logo por seu mérito se tornou gerente de vendas. Mas o relacionamento dos dois piorou muito, pois aos vinte e quatro anos Helena decidiu estudar. Procurou a secretaria de educação municipal da cidade e se informou sobre as possibilidades. Foi nessa ocasião que Helena conheceu dona Alma, uma senhora educadora de longa data, que havia sido vizinha de Filó. Dona Alma a reconheceu imediatamente e disse que no ano seguinte teria prova de supletivo, mas que era necessário ela fazer as aulas do então Telecurso do Segundo Grau, ofertado pela Fundação Roberto Marinho em parceria com o Ministério da Educação.

Helena voltou feliz para casa, em seus pensamentos fazia planos para estudar e construir uma vida melhor com os filhos que na época contavam com dez anos, oito anos e Alice com seis meses, mas infelizmente a notícia não foi bem recebida por Carlos, que num ataque de ciúmes agrediu verbalmente Helena na frente dos filhos mais uma vez. Helena chorou, enquanto cuidava dos afazeres domésticos, ficava banhada de suor e lágrimas enquanto ia de um lado a outro deixando tudo limpo e organizado. Essa era uma qualidade dela, deixar as coisas organizadas, manter tudo limpo e nos lugares. Sempre muito atenta aos cuidados da casa, mantinha tudo impecável sem ajudante.

Helena manteve-se no propósito de dar sequência nos estudos que foram interrompidos há mais de dez anos, mesmo contra a vontade de Carlos. Não se sabe explicar, mas Helena estava destemida, queria voltar a estudar e, quando chegou o período de matrículas, ela foi lá e se matriculou, mesmo contra a vontade e sem a permissão do marido. Era como se uma voz, e ela acreditava que era seu anjo de guarda, falasse ao seu ouvido:

— Não desista!

Isso gerou muito conflito entre os dois, fazendo piorar o que já era complicado, Carlos não aceitava a volta aos estudos de Helena e sempre que podia a humilhava muito.

A educação é fator de proteção social

As aulas iam se iniciar e Helena estava animada. Acontece que tinha um pequeno problema: não tinha com quem deixar as crianças. Então foi até Dona Alma e conversou com ela, explicando-lhe a situação. A mulher preparou-lhe um documento para que essa pudesse frequentar as aulas e levar suas crianças. Assim fez Helena: saía do trabalho, pegava as crianças na creche e partia para a escola à noite a pé, para assistir à aula. Hoje esse curso é conhecido como Educação para Jovens e Adultos (EJA), mas na ocasião era o Telecurso mesmo.

O governo do estado lançou a prova do supletivo e eis que surge a chance de Helena eliminar uma porção de matérias e subir de nível escolar. Helena se inscreveu no exame de supletivo, estudava sempre que chegava em casa fazendo ali um quarto turno de trabalho, a ponto da vizinha dela vir reclamar da luz acesa na janela do seu quarto. Chegou o grande dia da prova, Helena estava bem-preparada, assistiu às aulas, estudou em casa, foi lá e fez a prova. O resultado levou seis meses para sair, pois não se tinha a tecnologia de hoje em dia. A aprovação veio como uma avalanche de felicidade e alegria na vida de Helena, que não se conteve em ter apenas o segundo grau: ela queria mais, ela podia mais, e foi nessa perspectiva que ela foi até a faculdade e se matriculou no vestibular para o curso de Biologia. Helena queria alcançar o mundo com as mãos. Diziam uns e outros: "onde já se viu deixar os filhos sozinhos para estudar". O preconceito agora atingia Helena na forma de criar os filhos também.

O ano é 1999, quase mudança de milênio, muitas conjecturas suscitavam o fim do mundo, as pessoas tinham medo e inseguranças, mas Helena passava despercebida a tudo, estava nas nuvens, ia cursar uma faculdade. O que Helena não se lembrou foi de como iria pagar as mensalidades. O ano virou, o mundo não acabou e tudo permaneceu como era, e lá se foi

Helena e Carlos, sim Carlos, pois Helena o convencera a cursar Educação Física. Ambos iam para a faculdade. As crianças ficavam em casa com uma babá. Nas folgas dela, ficavam com Doraci. E assim seguia a vida de Helena e Carlos na faculdade. Parecia que tudo ia bem, mas na verdade não era bem assim. Carlos estava cada dia pior, cometendo assédio moral, numa relação extremamente doentia e tóxica, que Helena não suportava mais, o que culminou em um divórcio, pois Helena tomou atitudes que levaram à separação dos dois.

O casal se separou. Helena, não suportando mais as traições e o relacionamento abusivo, arranjou outra pessoa imediatamente e se envolveu de tal forma que não teve lado para que houvesse restauração do seu casamento com Carlos. Somente dessa forma ela conseguiu pôr um fim em tudo. Não foi fácil, nem para ela, nem para ele e muito menos para as crianças, mas as agressões físicas tinham ultrapassado as paredes do lar, atingindo Joventino em público. Inclusive, Carlos foi até o trabalho de Helena e, num ímpeto de raiva, atirou nela um objeto, um grampeador de papel, na frente dos clientes. Helena foi demitida por levar os problemas pessoais para dentro do ambiente de trabalho. Preocupados, os familiares pediram a Filó que conversasse com Helena. Filó procurou a neta e disse:

— Você vai esperar um dos seus filhos crescer e uma tragédia acontecer, minha filha?

Só então Helena vislumbrou um futuro trágico, marcado por sangue inocente derramado, num impulso de raiva e desespero. Helena teve ainda mais certeza de que havia cometido o erro que salvaria sua vida e a de seus filhos. Com a separação, veio a insegurança das despesas, mas Helena era forte e sabia se virar bem. No início atrasou as prestações da casa, mas logo conseguiu se restabelecer. Com os três filhos, procurou o reitor da universidade e pediu ajuda: pediu uma bolsa de estudos, precisava concluir a faculdade.

Com aquelas três crianças ali na sua frente, no ambiente universitário, o coração do reitor falou mais alto e ele prometeu que Helena teria a tão sonhada bolsa de estudos. Não demorou muito e Helena arranjou outro trabalho, dessa vez por indicação de uma colega assistente social que havia conhecido por intermédio de sua amiga Liliana. A moça a indicou para ser digitadora de fichas na Atenção Básica do município no Programa Saúde da Família. Logo o contrato deu certo e Helena foi contratada. Tudo estava se ajeitando, o trabalho, os estudos, as crianças crescendo, tudo ia relativamente bem. Helena estava num relacionamento sério, com um homem da sua idade, que também tinha filho, que queria crescer e juntos eles lutavam para ter uma vida melhor.

Ao terminar a graduação, Helena ficou sabendo de uma pós-graduação na cidade vizinha, em uma instituição federal, fez o processo seletivo, ajudou a captar alunos para o curso e se matriculou. Nesse meio tempo, Helena perdeu o avô paterno e seu pai Joventino recebera a herança e comprara um carro de luxo. Com auxílio da prefeitura, Helena e as colegas iam até o município vizinho para cursarem a pós-graduação no carro de Joventino. Foi nesse período que ela conheceu pessoas novas, diferentes e sua mestra, a então professora Rose, que a levou para o Congresso Brasileiro de Medicina do Esporte na cidade de São Paulo, no ano de 2004. Helena nunca havia ido a um congresso e aquela oportunidade fez com que ela vibrasse de entusiasmo.

A viagem a São Paulo ocorreu por conta da professora Rose, pois Helena não tinha a menor condição de arcar com tais despesas. Rose a fez jurar que um dia iria retribuir tal feito para seus futuros alunos, pois Helena descobrira na graduação e no curso de pós-graduação a vontade de lecionar. Rose foi de avião e Helena foi de ônibus. Ambas ficaram hospedadas no mesmo hotel, localizado na avenida Brigadeiro Luís Antônio em São Paulo, e tudo era novidade para Helena, inclusive a banheira do quarto do hotel. Rose foi uma excelente cicerone em São Paulo. Sempre que terminava o evento, no final do dia, elas saíam para conhecer lugares turísticos e, numa dessas saídas, foi que a vida de Helena se transformou para sempre. Foi na Praça da Sé, no centro geográfico da capital paulista, que Helena perdeu o fôlego diante daquela igreja: ela se emocionou de tal forma que lágrimas escorriam por seu rosto queimando sua face. Ela nunca vira algo tão grandioso e imponente, e ali, parada, na frente da catedral, ela fez um juramento: "eu vou lutar e vou vencer, e meus filhos terão uma vida diferente da que eu tive!". E a partir dali alguma coisa vibrou dentro do seu coração, pois ela se encheu de uma força gigantesca. No retorno à sua cidade, ficou a pensar o que poderia fazer para mudar de vida. Foi então que, espelhada em sua amiga Liliana, Helena decidiu cursar a graduação em Enfermagem.

Como servidora municipal, não foi difícil arranjar uma bolsa de estudos, além disso Helena entrou com pedido de vaga remanescente, não entrando por prova de vestibular, solicitando aproveitamento do currículo estudantil junto ao núcleo docente estruturante da universidade. Helena conseguiu aproveitar várias disciplinas e concluiu o curso em três anos. Durante a graduação em Enfermagem foi aluna destaque nos eventos científicos apresentando trabalhos. Foi se destacando enquanto aluna que Helena foi convidada por seu professor Ari a substituí-lo em um curso profissionalizante de técnico em Enfermagem, por ocasião de uma viagem dele. Foi a oportunidade dos deuses, pois Helena teve a oportunidade de defender seu espaço enquanto enfermeira e docente. A docência lhe surgia de forma suave e natural. Helena sentia no coração que nascera para lecionar. E assim começou sua carreira docente na enfermagem. Com as aulas no curso profissionalizante e o cargo na prefeitura, Helena não tinha mais do que se queixar profissionalmente e sempre que podia aproveitava as oportunidades do ministério da saúde para cursar pós-graduação gratuita. Nessa perspectiva, fez seis cursos de pós-graduação na área da saúde e um na área de educação, o que culminou na aprovação em um concurso público estadual — então Helena passou a ter estabilidade e comprou um carro seminovo.

Cada dia mais aprimorada, ela sentia que ainda poderia ir mais longe, e foi nesse intuito que prestou a prova de mestrado em uma universidade pública na capital a 300 quilômetros de sua cidade. Cursou o mestrado por dois anos. Nesse período, além do estado, tinha outras atividades, como as aulas no curso profissionalizante e aulas na pós-graduação no Distrito Federal. Helena logo deixara o curso profissionalizante pois havia sido aprovada no concurso de uma instituição de ensino superior em Enfermagem. Assim, Helena acumulou dois concursos, um municipal e outro estadual. A vida agora era outra, com estudo, com bom emprego, aliás bons empregos. Helena seguia firme no propósito de ser apenas docente. Após o término do mestrado, ela tentou o doutorado, mas a incapacidade técnica na língua estrangeira impediu que conseguisse a aprovação, o que na verdade foi uma grande frustração para ela. Acontece que ela não desistia facilmente de seus sonhos: no ano de 2016 se matriculou em um curso de inglês e estudava ferrenhamente com intuito de ser aprovada no processo seletivo de doutoramento.

A recompensa veio com a aprovação: havia duas vagas e Helena conseguiu entrar para o programa. Cursando o doutorado, ela ficou sabendo de um concurso na universidade federal da cidade mais próxima, vislumbrou a tão sonhada oportunidade de ser docente. Na instituição onde estava não havia incentivos para pesquisa, o intuito institucional era focado no ensino, e Helena tinha uma inquietação dentro de si para fazer pesquisa e extensão. Em segredo absoluto ela se preparou, tirou férias e licença para estudar, focou todas as suas energias no processo seletivo para vaga de professor de dedicação exclusiva. Preparou seu currículo, separou seus documentos e foi em busca de realizar mais um sonho. O processo foi acirrado, muitas pessoas com currículos maiores que o de Helena, mas o diferencial foi na prova didática: ela tirou a maior nota e ficou em segundo lugar. Aguardando para ser chamada no concurso, em silêncio sem contar nada para ninguém, ela retornou normalmente às suas atividades. Um ano depois, saiu sua convocação para assumir o concurso.

Seu maior sonho havia sido realizado: era docente e estava na universidade pública onde sempre sonhara trabalhar. Helena sabia que sonhar era preciso e correr atrás de seus sonhos era tudo que ela tinha como meta. Não era fácil estudar e criar filhos ao mesmo tempo, havia momentos de estresse extremo, como, por exemplo, quando uma das crianças adoecia, ou quando a babá faltava. Havia também ocasiões em que os pais de Helena se recusavam a ajudar a cuidar dos netos e ela então carregava as três crianças para a sala de aula — isso acontecia frequentemente.

Filhos de Helena

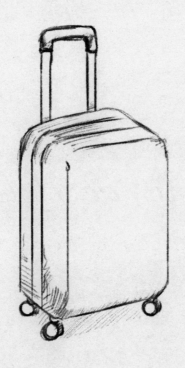

John, Heitor e Alice eram a razão de Helena ter tanta força para lutar, mas também eram motivos de muita preocupação. Criar filhos longe da presença paterna não era fácil para mulher nenhuma. As crianças cresciam e junto delas as preocupações também aumentavam gradualmente. John sempre foi um garoto calmo, dócil, mas muito traquina. Sempre muito carinhoso com Helena, ele acabou absorvendo grande parte das preocupações, dos medos e dos devaneios dela, lembrando que a diferença de idade entre eles era de apenas 13 anos. John não era muito estudioso e grande parte da culpa era da mãe, que não sabia ensinar-lhe as tarefas da escola com paciência e sempre acabava massacrando o pobre menino. John carregava consigo, além da beleza interna, uma doçura de olhar, chegando às vezes ter tristeza no olhar — mas tinha também uma beleza física estonteante. Tinha o queixo e a boca do pai Lino, com os olhos da mãe. As mãos dele, assim como as de Heitor, eram idênticas às do pai. John, por ser mais velho, acabava assumindo o cuidado dos irmãos mais novos para ajudar Helena e era cobrado veementemente pela mãe por suas tarefas com eles.

Helena não sabia ser mãe, ela apenas conduzia as situações que iam aparecendo. Se John brigasse na escola, ela ia até lá e brigava com a criança que se envolveu na briga com ele: comportamento nada adequado e maduro para uma mãe, mas era assim que ela sabia ser mãe e defender sua prole. Como John e os irmãos estudavam em uma escola particular, Helena estava sempre presente na porta da sala perguntando pelo rendimento escolar de John. Muitas vezes as professoras reclamavam que ele não fazia o dever de casa e isso deixava Helena possessa, pois ela, que lutava para estudar e dar bons estudos para os filhos, não poderia admitir tal comportamento. Mas, ao mesmo tempo, ficava longe o dia e a noite inteira, tentando construir uma vida boa para os filhos. Estava sempre estudando, trabalhando ou cuidando da casa. Era interessante, eles tinham pouca condição financeira, mas Helena fazia questão que os filhos tivessem estudo de qualidade e os matriculou ainda no curso de inglês. Ela sabia que, se a educação a salvara, salvaria também seus filhos. Eis que a escola onde John e Heitor estudavam só ia até a oitava série e o ensino médio precisava ser feito em outra escola. Porém ela não tinha condições de arcar com tamanha despesa. Foi então que usou seus conhecimentos dentro da prefeitura para pedir uma vaga no Colégio Militar da cidade, pois era um colégio renomado e não tinha mensalidades altas, apenas o material era um pouco mais caro. Graças a Deus, a escola tinha duas vagas sobrando e Helena mais que depressa matriculou John e Heitor no colégio.

Naquele ano, John fez muitas amizades, mas a mudança da escolinha de uma vida inteira para o ensino médio, juntamente ao formato que o colégio militar trazia, fez com que ele ficasse desestimulado e naquele ano reprovasse de série. Mais uma vez, Helena, repetindo comportamentos aprendidos com a mãe, retira o John da escola e o matricula em um colégio estadual. Logo mais, John veio a desistir dos estudos, o que culminou em um choque para Helena, que ainda estudava e vinha lutando pela escolarização dela e da família. Helena conseguiu colocar John para trabalhar como jovem aprendiz em um departamento da prefeitura, e lá ele ficava meio período, trabalhando para dar valor aos esforços que sua mãe fazia. Mais tarde, muitos anos mais tarde, John se interessou por um curso profissionalizante de autoCAD e, durante o curso, aprendeu a função de cadastramento rural, desenho agrícola, o que o levou a se interessar pelo curso de Engenharia Civil. No entanto, não conseguiu novamente concluir o curso devido à dificuldade de "não gostar de estudar".

Helena ficava muito irritada com isso, pois via muito potencial no seu filho, uma inteligência brilhante, mas ele não se firmava, e foi durante a faculdade de engenharia que ele conheceu a Adriana, uma jovem que cursava Enfermagem e era aluna de sua mãe, que o aconselhou a não se envolver com ela. Sem sucesso, Helena tentava abrir os olhos do filho em relação ao relacionamento que estava indo rápido demais. Ela não sabia explicar, mas sua intuição ficava repetindo na sua cabeça que de alguma forma aquilo não era bom para o filho, o que levou o filho a se envolver mais ainda e se afastar da mãe, já que a moça morava em outra cidade. O filho decidiu ficar noivo, casou-se e com seis meses de casado veio a fatalidade: a moça "boazinha" traiu-o. John nunca mais foi o mesmo, ficou depressivo, sem trabalhar, só jogando videogame. Ele tentou passar por cima da traição e esquecer, ficaram juntos algum tempo, tiveram uma filhinha a quem deram o nome de Louise, mas a tentativa de permanecerem juntos não teve sucesso, assim John retornou para a casa da mãe. Após a separação, John concluiu um curso técnico em agrárias e logo conseguiu trabalho, afinal, precisava pagar a pensão para a filha. John refez sua vida, conseguiu trabalho em uma empresa grande, logo subiu de cargo para gerente regional, comprou um apartamento e um carro, arranjou uma namorada muito trabalhadora e esforçada.

    Essa namorada de John atendia pelo nome de Manuely e os dois estavam juntos há pouco tempo quando decidiram morar juntos. Helena, meio a contragosto, preocupava-se com a rapidez do relacionamento, mas, como Manuely era uma boa moça, acabou apoiando os dois. John passou a focar mais na sua carreira e, mesmo com insistência da mãe e do irmão, recusou-se a fazer faculdade. O que ninguém sabe é que Helena era grata a Deus por seu filho ter um curso profissionalizante e exercer tão bem sua profissão. É notório como John gostava do que fazia e isso acalentava o coração de sua mãe. Um dia John avisou a mãe que mudaria de cidade por conta de oportunidade de trabalho e foi embora para o estado do Mato Grosso.

Ao contrário de John, Heitor quase sempre foi estudioso, não dava trabalho na escola com tarefas, apenas com comportamento — conversar em sala de aula e brincar durante a aula. Helena sempre muito dura com os meninos, resolveu adotar o hábito de assinar as folhas dos cadernos e das apostilas dos meninos no intuito de controlar o conteúdo visto na escola. Heitor era menor que John, cabelos lisinhos e uma pele morena, era idêntico ao pai, inclusive no andar. Tinha uma natureza sistemática e era sempre muito comprometido com ele e com as coisas que fazia. Brigavam muito John e Heitor. Sempre uma arrelia por conta de um brinquedo, um filme na TV ou uma brincadeira que não saía a contento — tudo era motivo de brigas. Heitor conseguia tirar John do sério e por várias vezes os dois sozinhos em casa acabavam se machucando. Uma vez colocaram fogo no teto da cozinha ao tentarem fritar uns salgadinhos que Helena confeccionava e deixava pronto e congelados para levarem de lanche para a escola. Heitor, por ser filho do meio, era mais tímido, sempre mais caladinho, chorava em silêncio quando Helena lhe chamava a atenção ou até mesmo lhe dava umas boas chineladas, porque ela era uma mãe que repetia os comportamentos de Doraci.

Heitor era mais responsável que John em vários aspectos e quando adolescente deu mais trabalho se comparado ao John. Na adolescência, não foi de levar garotas para sua casa, enquanto John sempre levava meninas para conviver com a família. Heitor era mais ligado aos amigos, gostava de ir a festinhas, gostava de jogar basquete no clube e era ligado aos esportes do colégio militar. Aliás, quando foi estudar no colégio militar, Heitor fez um grande drama, chorando e dizendo que não iria de jeito nenhum, mas diante da firmeza da mãe teve que ceder às ordens. Foi um bom aluno no colégio, porém, muito esquentadinho, um dia ofendeu um oficial, o que quase rendeu sua expulsão do colégio, não fosse pelo fato da mãe implorar quase de joelhos aos oficiais para que ele permanecesse. Assim como John, Heitor fez vários cursos preparatórios e trabalhou como jovem aprendiz no fórum da cidade. Helena tinha certeza de que o filho escolheria a carreira do Direito para a graduação. Ao final do terceiro ano, Heitor escolhe prestar o exame vestibular para Agronomia. A mãe não interfere, mas fica impressionada com a decisão de Heitor. Ela leva os filhos para fazerem provas de vestibular e Heitor é aprovado na universidade estadual, longe de casa, em outra cidade. Helena se organiza e, com a ajuda de amigos, vai com o pai Joventino levar Heitor para fazer matrícula e procurar um lugar para morar. Encontram um apartamento de que Heitor gosta e ele se muda. Helena sofre em silêncio, pois vê o filho batendo asas. Ela é uma mulher guerreira e orgulhosa de suas crias, traz uma dor no peito com a distância do filho que parecia rasgá-la por dentro.

Contava aos outros com alegria no coração que o filho fazia faculdade, que em breve seria um engenheiro agrônomo. Acontece que quem nunca comeu mel, quando come se lambuza, já dizia dona Filó. O garoto Heitor, longe de casa, da mãe e dos irmãos, não estuda, reprova de ano nas matérias, fica devendo um monte de disciplinas, com a mãe bancando-o financeiramente. Depois de dois anos fora, ele pediu para retornar para casa, pediu para se transferir. A mãe correu atrás de conseguir a transferência do filho para uma instituição federal na sua cidade. Não foi fácil, mas deu certo, o garoto Heitor estava matriculado e em casa com a família novamente. Ele levou a faculdade no "bico" por mais um ano, até que sua mãe se sentou com ele e disse:

— Meu filho, eu preciso que você me ajude! Estude!

Chorando, Heitor ouviu de cabeça baixa a conversa com a mãe. Helena não saberia dizer, mas a partir daquele momento

Heitor mudou, foi fazer estágio voluntário em empresas da cidade, inscreveu-se em um programa de bolsas e deslanchou. Helena, vendo o esforço do filho, resolveu dar um carro modelo fusca para os dois, John e Heitor. Acontece que não durou nem dois meses, os dois brigaram por causa do carro e acabou que somente Heitor usufruiu do carro, enquanto John acabou comprando uma moto com a ajuda de Doraci e contra a vontade de Helena.

O estágio remunerado em uma multinacional transformou Heitor em um garoto sério, comprometido e focado. A cada dia ele crescia mais como pessoa e como profissional, mas com a mãe era sempre arredio e distante. Na apresentação do seu trabalho de conclusão de curso, Helena se desdobrou e preparou uma mesa de café da manhã linda para os membros da banca. O trabalho dele foi muito comentado e elogiado pela banca. Heitor se formou com louvor em Agronomia. A formatura aconteceu de forma simplória, numa sala da reitoria, com o reitor, o coordenador de curso e a mãe dele. Eles não podiam pagar por uma festa, mas à sua maneira comemoraram com um almoço em família, só os quatro e a amiga Maria Flor. Eles sempre comemoravam tudo. Quando Heitor passou no processo seletivo para entrar na multinacional como estagiário, eles saíram para comer fora. A essa altura do campeonato, o salário de Helena já podia suprir esses luxos.

Com o ingresso de Heitor na empresa, Helena o ajudou a comprar uma pick-up, pois o cargo exigia que o candidato tivesse veículo. Com a formatura, Heitor, no dia seguinte, recebeu uma ligação convidando-o para integrar uma equipe, porém era numa cidade muito longe, e ele ficaria afastado da família. Helena sentia um pesar muito grande com a partida de Heitor, haja vista que naquele ano John havia se casado e Alice havia ido embora de casa para estudar fora. Heitor foi embora trabalhar em um local distante, ganhando muito bem. Com seis meses na função, foi promovido e transferido para o estado da Bahia: o garoto deslanchava. Heitor conheceu uma moça nas redondezas por onde andou e essa acabou engravidando de Heitor. O garoto deu a notícia para sua mãe enviando uma foto do teste de farmácia que marcava positivo. Após algum tempo Heitor retorna à sua cidade de origem, com a então esposa grávida de uma menina, a quem deram o nome de Malu.

Helena recebeu a jovem grávida com muito carinho, afinal, já tinha estado naquela situação. A moça muito simples trazia um sorriso contagiante no rosto, atendia pelo nome de Karina. Logo ficou amiga de Helena, que a tratava como filha e a amava muito. As duas se davam bem, se tratavam com respeito e muito carinho. Uma das qualidades de que Helena mais gostava em Karina era a sinceridade da moça em suas colocações e a forma como ela cuidava de Malu e Heitor. Sempre muito atenciosa e prestativa, assumiu seu lar com muito comprometimento, era uma garota corajosa que tentava terminar os estudos concomitantemente à gestação, com apoio de Helena.

Malu nascera bem, a diferença de idade entre ela e Louise eram de 45 dias apenas. Helena experimentou a sensação de ser avó em momentos muito próximos, assim como Alice se tornou tia duas vezes seguida. Louise e Malu eram a razão de Helena sorrir facilmente. Ambas muito fofas e lindas causavam na avó um sentimentalismo profundo. A avó, se emocionava sempre que via as netas no colo de seus filhos. Afinal era a continuação de sua família. Os meninos se tornaram bons pais, carinhosos e presentes.

Por falar em Alice, há de se explicar que essa chegou à vida de Helena dez anos após a vinda de John e oito anos após a vinda de Heitor. Alice foi a rosa que surgiu no gramado de Helena. Ser mãe de menino exigia dela uma força e rigor, já ser mãe de menina era mais leve, mais suave, seu mundo tornou-se mais colorido com a chegada da Alice. Ao contrário dos irmãos, ela cresceu calminha, sem traquinagens ou sapequices, sempre muito calma e serena brincava sozinha ou com os irmãos. Eles não brigavam com ela como brigavam entre si, era como se um bálsamo tivesse chegado nas vidas de Helena, John e Heitor.

Alice cresceu em meio a adultos, acompanhando Helena nas atividades de estudo, outrora de trabalho. Ao contrário dos irmãos, a creche de Alice era particular, e não pública, pois as condições de Helena eram melhores naquele momento. Alice nunca havia dado trabalho na escola e assim perdurou até o final do ensino médio. Helena jamais recebeu reclamação dela sobre suas tarefas ou atividades, sendo ela uma menina muito aplicada. Desde cedo Alice dizia que queria estudar medicina, a mãe investiu no sonho da garota e, quando viu que na sua cidade não era possível estudar, mandou a menina para o estado mais próximo para que essa pudesse aumentar as chances de ingressar no curso de Medicina. Passaram-se seis anos, Alice desistiu de tentar, pois vinha com uma carga emocional muito grande, desenvolveu transtorno de ansiedade e ganhou peso. Tudo isso somado à falta de lazer e socialização, pois estava sempre enfiada nos livros. Antes de ir estudar fora, Alice era a parceirinha de sempre ao lado de Helena nos passeios, nas viagens e nas compras.

Sempre faziam tudo juntas e era muito agradável desfrutar da companhia uma da outra. Helena sempre respeitou muito os filhos, em relação a suas escolhas, sempre mostrando os valores da vida, educando os filhos para o mundo, mas nunca imaginou que Alice saísse tão cedo assim de casa. Alice teve que aprender a ser valente, longe da casa da mãe, teve que enfrentar o cursinho pré-vestibular, enfrentar decepções de não aprovação, correr atrás do transporte público, assumindo as coisas da vida adulta muito cedo.

Ela nunca foi de ter namorados, sempre muito focada no que queria, evitava vida social, o que a levou a adoecer. Foi um dia, do nada, que ela chegou para sua mãe e perguntou:

— Mãe, se eu desistir agora, você me apoia?

Helena, pega de surpresa, responde:

— Eu estarei sempre ao seu lado, e quero que seja feliz, se você for feliz, eu estarei feliz também, e se lá na frente, você perceber que não é nada disso, tudo bem mudar, tudo bem escolher outra coisa!

E assim Alice fez, cadastrou sua nota para o curso de Medicina Veterinária, sendo aprovada em quarto lugar. Muitos vieram ter com Helena e questioná-la sobre os anos de investimento e tempo perdido em um estado longe de casa, ocasionando muitos gastos. Helena, sempre muito respeitosa, respondia:

— Pois é! Mas ela resolveu mudar e está tudo bem com isso!

Afinal, não era da conta de ninguém o que Helena pagava ou deixava de pagar para a filha estudar, já que nunca tinha tido a ajuda de ninguém, inclusive de Carlos, pai de Alice, que só resolveu ajudá-la com muita dificuldade e insistência na maioridade, quando ela mesma já podia cobrar seus direitos de filha.

Com a mudança da opção de curso, veio também uma novidade, Alice estava namorando seu colega de escola, o Fernando. Havia se interessado por ele e estavam juntos e felizes. Tudo parecia se encaixar para Alice, que era forte o suficiente para enfrentar as perguntas indesejáveis de alguns parentes sobre sua vida. Helena sempre apoiou as decisões dela e dos irmãos, não seria diferente agora, haja vista que sua filha, além de muito menina, vinte e três anos, poderia escolher viver em paz de acordo seus princípios e valores. Na opinião de Helena não é defeito desistir, nem é feio mudar de opinião. Estamos em uma metamorfose ambulante, como diria o saudoso cantor brasileiro Raul Seixas.

Depois de estar matriculada em Medicina Veterinária, Alice recebeu a notícia que vinha esperando há anos: a aprovação no vestibular para Medicina no estado de São Paulo. E assim, lá se foi Alice cursar a tão sonhada e esperada Medicina. Logicamente, trancou o outro curso. A vida de Alice se transformou. Ela e Fernando decidiram se mudar e morar juntos em São Paulo e, ao mesmo tempo que tomaram essa decisão, começaram os preparativos para a festa de casamento.

Fernando, sempre muito gentil e atencioso, cuidava de Alice com muito carinho e respeito. Assumira as responsabilidades financeiras juntamente a Helena, o que a fez admirá-lo ainda mais. Fernando e Alice levavam uma vida muito bonita juntos, com muito carinho um com o outro. Adotaram três cachorrinhas e as chamavam de "nossas filhas". Assim a vida de Alice foi se transformando: estudo, cachorras e relacionamento, tudo fluía muito bem. O genro de Helena tinha princípios, rapaz gentil, sempre se preocupava com as pessoas ao seu redor, e o fato dele estar em São Paulo com sua filha a deixava bem mais tranquila como mãe.

E sobre transformação Helena sabia bem, pois sua vida agitada não a deixava nem aproveitar Louise e Malu, afinal de contas, Helena era uma avó dos tempos modernos, trabalhando fora e estudando. Muito diferente das avós tradicionais. Ela não saberia dizer se isso agradava aos garotos jovens papais, mas era a avó que conseguia ser naquele momento. O difícil mesmo foi mudar de cidade, ficar ainda mais longe das netas.

Tempo de Helena

Helena cresceu juntamente aos filhos. Errando e tentando acertar, foi rompendo as barreiras do preconceito como mãe solteira, ocupando seus espaços na sociedade e buscando uma vida melhor para eles. Ela era gentil, alegre, às vezes espalhafatosa. Ria facilmente das coisas da vida, mas trazia no olhar uma tristeza profunda, carregada de dor e sentimentos escondidos. Desde muito cedo teve que aprender que a vida ensina duramente e que as pessoas são muito más em suas atitudes. Ela tinha uma expressão dura no rosto marcado por estar sempre de testa franzida pelas preocupações cotidianas.

Não tinha um dia de descanso, era incansável, diriam alguns que conviviam com ela. Estava sempre acelerada. Afinal, três filhos e dois vínculos de emprego não eram fáceis. Mas retomemos o período em que Helena se viu obrigada a crescer. Foi de forma violenta que ela aprendeu a deixar de pensar em si para pensar no filho que tinha em seus braços. Helena não teve infância, não teve adolescência e nem juventude. Aprendeu muito cedo as agruras da vida adulta. Mas tinha uma alegria interior que a fazia acreditar que tudo ia ficar bem, e sempre foi assim, ela sempre esperava pelo melhor da vida. Sofreu muito preconceito, principalmente por ser dona de uma beleza comum. Trazia cabelos castanhos claros, olhos castanhos e nariz afinado, tinha um sorriso largo e encantador. Isso fazia com que mulheres casadas sentissem ciúmes de seus maridos e Helena sempre percebia o comportamento delas, fosse na igreja ou em reuniões da escola dos filhos. Os olhares preconceituosos sempre a incomodavam e a deixavam magoada.

Falando em escola dos filhos, foram inúmeras as reuniões de que Helena participou sozinha, como festas de dia dos pais. Ela estava lá, firme e forte representando seus dois papéis. Deixou de frequentar a igreja evangélica muito cedo, devido a atitudes preconceituosas que sofreu na pele e voltou a frequentar o centro espírita conforme aprendera com a avó paterna. No centro buscava respostas para as questões que a inquietavam. Eram várias questões e uma delas era sempre por que Lino não a quis, por que ele a deixou sozinha com os filhos, e, se não a queria como mulher, por que não criou os filhos que eram inocentes nessa história toda. Sempre questionava Deus por esses motivos e não conseguia perdoar Lino pelo simples fato de ele não ter cumprido seu papel de pai, pois os filhos passavam dificuldades, enquanto poderiam ter tido uma vida melhor.

Falando em vida melhor, foram as amizades de Helena que a mantiveram de pé por diversas vezes. Helena tinha vários tipos de amizades, mas uma hora ou outra elas se desfaziam à medida que o tempo ia passando e isso a deixava triste. Mais tarde entendeu que isso se devia a ela estar sempre em movimento e buscando sempre novos espaços — não é todo mundo que conseguia acompanhá-la.

Quando estava na faculdade, tinha as amigas da faculdade, na pós-graduação, as amigas de pós, na prefeitura, as amizades de prefeitura e assim por diante. Mas acontece que, em meio a isso tudo, Helena ainda arrumava tempo para ser mulher, sair com as amigas, jantar e conversar, pois nunca foi dada a baladas e festas, sempre preferiu ambientes mais calmos, talvez por ter adquirido uma intolerância com certos tipos de situações. Estava sempre rodeada de amigas. Mas tinha uma em especial chamada carinhosamente de Maria Flor. Em relação a namoros e relacionamentos, Helena nunca mais foi a mesma, trazia consigo o medo do abandono e rejeição e isso fez com que atraísse ao longo dos anos homens totalmente desestruturados e fragilizados de alguma forma. Helena se enamorava e buscava ajudá-los. Sua avó Filó sempre fazia a seguinte observação:

— Helena pega uns rapazes desengonçados e depois os transforma em grandes homens e quando isso acontece eles se separam.

Talvez isso acontecesse por ela se boicotar nos relacionamentos, pois o medo do abandono a acompanhava aonde quer que ela fosse.

Ela era totalmente desprovida de preconceitos e sempre mostrava aos três filhos que pessoas são sempre pessoas e o mais importante é que eram seres humanos, e que a humanidade havia se esquecido da parte principal de sua existência: o amor ao próximo. Foram várias as situações em que Helena se meteu para salvar uma amiga de uma enrascada, pois sempre estava disponível para ouvir as chateações, as queixas e lamúrias de suas amigas, trazendo sempre um conselho amigo. Mas com Maria Flor era o contrário, Helena despejava sempre nela as suas angústias, medos e inseguranças, e Maria Flor gentil e docemente nunca privou Helena das verdades, sempre presente na vida dela. A amiga nunca poupou comentários que talvez desagradassem a Helena, nunca dando razão a amiga quando sentia que esta estava errada. E olha que Helena, em termos de relacionamento, era um verdadeiro desastre, tinha o poder de atrair homens que juravam amor eterno, mas no fundo, quando a coisa apertava mesmo, fugiam velozmente.

Maria Flor e Helena podiam falar sobre tudo com transparência e muito amor envolvido, tinham muita afinidade e sabiam rir das coisas mais simples, aliás, estavam sempre rindo principalmente delas mesmas. Houve uma ocasião em que queriam entrar no show do cantor Almir Sater e não haviam comprado ingresso antecipado. Na portaria começaram a chorar e a inventar que vieram do estado do Mato Grosso só para ver o cantor. A portaria liberou as duas para entrar. Lá no show, foram até o banheiro e começaram a contar moedas para comprar água, quando se aproximou uma moça desconhecida e perguntou o que elas estavam procurando. Ao explicarem, a moça disse:

— A festa é open bar! É tudo incluso, pode beber à vontade!

Até hoje as duas riem por não saberem o que era open bar. As duas tinham diferença de idade de oito anos, mas eram muito parecidas sobre as questões de sair de casa, beber e ir em baladas, ambas não gostavam. Um dia resolveram pedalar, mas logo desistiram, pois a bicicleta de Maria Flor quebrou e essa foi a desculpa de que Helena precisava para ficar quieta.

Maria Flor era uma mulher muito bonita, meiga, de sorriso encantador. Sempre falava com todo mundo. Fizera amizade com Helena nos tempos de prefeitura de Helena e a amizade perdurou por uma vida. Maria Flor era daquelas mulheres que trazem consigo marcas trágicas da infância e, mesmo assim, não perdia a doçura no tratar as pessoas. Helena sempre fazia questão da presença dela em sua vida. Houve uma vez que Maria Flor sofreu uma desilusão amorosa tão grande que Helena pensou que iria perder a amiga, pois o homem a traíra com outra da forma mais vil, justamente quando a avó de Maria Flor se encontrava internada na UTI. Quando Maria Flor mais precisou dele, ele a apunhalou pelas costas. Foram muitos meses até que Maria Flor conseguisse se recuperar daquela traição, mas nem assim ela perdera a meiguice do olhar e a forma de tratar as pessoas.

Além de Maria Flor, Helena tinha uma amiga de longa data muito querida. Pouco se viam e pouco se falavam, mas era um amor entre as duas que só outras vidas poderia explicar. Seu nome era Alice e foi em sua homenagem que Helena batizou a filha com o nome da amiga. Sua amiga era uma pessoa alegre e descontraída, cantava com uma voz doce e envolvente e sempre viajava muito para o exterior, ficando meses sem se encontrarem, mas, quando os encontros aconteciam, era um carinho estupendo entre as duas.

Dos tempos do casamento com Carlos, Helena trazia a amizade de Francys, mulher guerreira e batalhadora, mãe de duas garotas, Dayene e Bella. Dayene se tornou amiga da filha de Helena e nunca se separaram, perdurando até a vida adulta a amizade das duas. Francys era aquela amiga querida e carinhosa e sempre que podiam elas se encontravam para papear e pôr as fofocas em dia — tudo isso regado a um bom cafezinho.

Além dessas amigas, Helena tinha um grupo de amigas maduras, no qual ela se apoiava sempre. Ao todo elas eram quatro amigas: umas casadas, uma solteira, mães e avós. Nesse grupo Helena sempre encontrava apoio para conversar e receber carinho quando as coisas estavam muito difíceis, o que acontecia frequentemente.

A rede de apoio de Helena era muito forte e as amigas do trabalho, sempre ao seu lado, ouviam seus problemas e suas queixas. Com muito carinho sempre a apoiavam e incentivavam dando conselhos e dicas para as questões dramáticas em que Helena se envolvia. Para ela, foi sua rede de apoio que nunca a deixou sucumbir diante dos problemas e de sua vida agitada. Para se ter uma ideia: ela chegou a bater o carro no trânsito duas vezes, correndo para cumprir horário.

Na vida acelerada de Helena não havia muito tempo para se cuidar e cuidar de sua saúde, e foi assim, sem prestar muita atenção em si, que ela adoeceu: teve uma doença renal e desenvolveu um quadro de sepse urinária que a levou para o hospital e UTI por vários dias.

Helena recebia várias visitas de médicos e colegas da enfermagem naquele ambiente tão familiar para suas atividades de trabalho, mas que agora tornara-se seu lugar de cura. Os filhos dela sofreram muito e por longo tempo Helena ficou se tratando com médicos da capital próxima à sua cidade. Mesmo com tamanho susto, ela não entendeu os sinais do universo e continuou levando uma vida acelerada, dessa vez acumulando um terceiro trabalho: aulas em curso de pós-graduação no Distrito Federal aos finais de semana. Mas o que ninguém sabia é que aquela UTI fria, com todos aqueles aparelhos, fez com que Helena refletisse sobre sua profissão, sobre seu trabalho e acima de tudo sobre seus sonhos. Helena trazia consigo um grande sonho, que era entrar na universidade federal como docente, de preferência em algum estado do Nordeste. Helena tinha verdadeira fascinação pelo mar: foi conhecer praia e mar depois dos 36 anos, quando sua vida deu uma guinada e ela entrou no concurso do estado, e de lá para cá nunca mais deixou de viajar pelo menos uma vez ao ano para locais com praia.

O mar a acalmava, a fazia pensar livremente e a fazia sentir-se poderosa. Ela era devota de Iemanjá e sempre que podia pedia forças à mãe das águas. Helena tinha verdadeira fascinação pelas águas, pois se valia do ditado: "seja como água: contorne os obstáculos e siga em frente!". Usava-o para si e muitas vezes em seus conselhos. Helena sempre foi referência para os conhecidos por seus conselhos. Ela levava a vida com muita força e muitas vezes dramas, pois aconteciam situações que ela não sabia enfrentar sem chorar e sem reclamar. Mais tarde aprendeu que não valia a pena tanto choro e tanta reclamação, pois a vida se encarrega juntamente ao tempo de organizar e pôr tudo no lugar, afinal, o tempo é o senhor da razão.

A vida foi passando, as crianças cresceram e Helena, após quitar as prestações da casa, resolveu comprar uma casa menor e fazer outro financiamento, já que os filhos seguiam cada um tomando um rumo diferente na vida. Mas Helena não se preparou para deixar os filhos irem, baterem asas, e quando isso aconteceu ela entrou em depressão. De repente a casa cheia se tornou vazia e espaçosa. Não havia ninguém mais para raspar a vasilha de massa do bolo, não havia nem mais bolo! A casa era o silêncio total, as risadas, as brigas as conversas, tudo se fora... Helena adoeceu, teve depressão, não contou a ninguém, preferiu manter-se em segredo. Quando os filhos ligavam, ela se fazia de forte e totalmente despretensiosa, mas quando desligavam ela desabava a chorar, isso durou alguns meses. Então Helena resolveu canalizar toda sua energia para os estudos, naquele ano se dispôs a realizar o tão esperado sonho, entrar para docência na universidade federal. E assim o fez, estudou, se dedicou e logicamente a aprovação veio a contento.

Mas ela não foi chamada de imediato, então guardou segredo da aprovação. Enquanto não era chamada e com o ninho vazio, já que um filho casou e dois se mudaram, ela teve tempo de pensar em si, e foi nessa ocasião que conheceu um jovem colega de trabalho — pois Helena nunca foi dada a festas, então o lugar mais óbvio de se conhecer alguém para ela seria realmente no ambiente de trabalho. O rapaz atendia pelo nome de Vinícius, era estudado, formado, concursado e pai de três filhos. Tinha muito em comum com ela. Começaram o namoro e Helena começou a se preparar para o exame de doutorado. Novamente foi agraciada com a aprovação depois de muito esforço. Assim, com tudo indo bem, feliz com as aprovações e com poucos meses de relacionamento, eles optaram por se casarem. A cerimônia foi simples no cartório da cidade e contou com a presença de Maria Flor e Camila, duas grandes amigas de Helena que foram testemunhas juntamente a um amigo do jovem Vinícius. Helena e Vinícius viviam felizes, com as famílias se dando bem. Helena foi chamada no concurso e tomou posse.

Logicamente que, com o passar dos anos, o relacionamento de Helena e Vinícius foi se modificando, a rotina tomou conta da casa, as divergências começaram a aparecer e ambos começaram a ocupar seus verdadeiros lugares na vida um do outro. Saíam para trabalhar, almoçavam e jantavam sempre em casa. Raramente isso mudava, Helena era ótima cozinheira e gostava muito de cozinhar. Além disso, faziam muitos passeios juntos, os dois adoravam viajar e eram bons companheiros de viagem. Vinícius veio de uma criação muito sistemática e isso o fazia muito rígido às vezes, o que dava choques com a forma como Helena conduzia sua vida, principalmente quando era algo relacionado a seus filhos. Em relação à profissão, Vinícius apoiava-a cem por cento, sempre a incentivava e os dois tinham vários diálogos sobre os seus trabalhos, tanto dela quanto dele. Quando foi para mudar de trabalho, ele segurou as pontas financeiramente, pois o salário de Helena havia caído drasticamente — mas ela pôde contar com ele.

Muitos diziam que ela estava louca por deixar dois concursos e assumir um outro concurso em outra cidade, mas Helena, convicta de seu sonho, não pensou duas vezes em assumir sua vaga. Era felicidade demais na opinião de Helena: os filhos encaminhados, o casamento maravilhoso, a família indo bem, até que o mundo foi assolado por uma pandemia de SARS-CoV-2 (Covid-19). O mundo parou, lockdown foi decretado e tudo era muito assustador e desconhecido. Em plena pandemia, todo mundo fechado em casa, Helena iniciou com uma dor de cabeça: ela não tinha sossego, se automedicava e nada fazia com que a dor passasse. Alguns diziam que era esforço devido ao doutoramento, às aulas, à tese e às preocupações, mas Helena sentia que havia algo de errado.

Com a ajuda de um grande amigo e irmão chamado Dionísio, carinhosamente apelidado por Dio, procurou ajuda médica e foi diagnosticada com enxaqueca. Helena, como boa aquariana que era, foi buscar informações científicas sobre a enxaqueca e, ao estudar sobre o assunto, percebeu que as informações não eram compatíveis com os sintomas que ela tinha. Com o passar do tempo, Helena foi se sentindo cada vez mais adoecida, sentia o ouvido esquerdo perdendo audição e começou ter visão embaçada, seu equilíbrio estava comprometido e acabava sempre derrubando as coisas ou tropeçando. Foi aí que percebeu que sua mão esquerda estava dormente. Buscou ajuda de sua orientadora do doutorado, que indicou uma neurologista professora na mesma universidade onde Helena fazia o doutorado. Em uma grande investigação diagnóstica, repleta de ressonâncias magnéticas e coleta do líquor da medula espinhal, eis que é feito o diagnóstico.

Helena chega ao consultório médico para mostrar os exames com a expectativa de tudo ser resolvido logo e ela poder voltar para casa. Helena sempre foi forte e, com pensamentos positivos, julgou ser algo fácil de se resolver. No consultório médico, a neurologista avalia os exames e com uma voz muito serena começa a explicar os resultados dos exames. Helena e Vinícius ouvem atentamente as explicações. Helena tem uma doença autoimune, conhecida como Esclerose Múltipla. Ao ouvir da médica a informação, Helena se levanta da cadeira, vai até a janela, retira a máscara — lembrando que era ocasião pandêmica —, tenta respirar e começa a chorar: dessa vez um choro que questionava Deus. "Por que Deus?! Por que comigo?!". Respirando fundo, voltou e se sentou na cadeira. A médica gentilmente explicou que ela teria que passar por um procedimento conhecido como pulsoterapia e que deveria ser iniciado imediatamente. Aos prantos Helena se apoia em Vinícius que em silêncio a acompanha em todas as sessões. Sentado sempre ao seu lado, não a deixava sozinha nem um minuto. Foram cinco sessões e a recomendação da médica era restringir contato com qualquer tipo de pessoa, pois era arriscado para Helena naquele momento. Helena viu seu mundo desabar, logo agora que estava feliz, casada, realizada profissionalmente, isso acontecia.

Chorava copiosamente pensando nos filhos e em Vinícius. Acabara de se casar, como enfrentar isso, os medos a assolavam. Chegou a dizer a Vinícius:

— Eu acabei com sua vida!

Voltaram para casa e cumpriram a ordem médica de se isolarem. Mas eis que nesse período o sogro de Helena se contaminou com Covid-19 e, após 8 dias do contágio, foi a óbito. O marido de Helena se mudou temporariamente para a casa dos pais e Alice veio cuidar dela enquanto Vinícius cuidava da família. Foi um momento de muita dor, uma perda irreparável.

Quando Helena completou os 30 dias de alta médica, recebeu um telefonema de Flávia, dizendo que o pai, Joventino, havia caído em casa e quebrado o fêmur. Ele foi levado ao hospital pelo corpo de bombeiros militar da cidade. Helena não podia ir até o hospital por conta da pandemia e de sua doença autoimune. Ela foi até a porta do pronto-socorro e de longe viu o pai em uma maca: foi a última vez que viu o pai vivo. Ele faleceu 29 dias após a perda do seu sogro. Helena e Vinícius passaram por tudo isso juntos, de mãos dadas, um apoiando o outro. Helena não foi ao velório de seu pai devido a seu estado de saúde, mas Heitor acompanhou todo o processo do enterro de Joventino. Heitor ficaria marcado para sempre, pois a única presença masculina mais próxima de um pai que ele e os irmãos tiveram foi a do avô Joventino. Acontece que, nesse meio tempo, depois de todo o sofrimento de Helena na vida, criando filhos sozinha, sendo abusada na infância, desprezada quando engravidou na adolescência, Helena é surpreendida por uma doença grave. E após tantas perdas era hora de olhar para si, mas como?

O que fazer? Seu trabalho era na cidade vizinha, tinha que se deslocar 180 km para ir trabalhar. Com a mão dormente, a visão embaçada, era impossível Helena continuar fazendo esse percurso sozinha e Vinícius tinha seu próprio trabalho. Com a pandemia, as aulas passaram a ser remotas e Helena teve o problema de deslocamento resolvido temporariamente. Para o controle da doença, Helena passou a praticar pilates, fazer acompanhamento com fisioterapeuta, acupuntura e usar medicação de alto custo. Com os esforços, logo sentiu os efeitos positivos, a visão voltou ao normal, a mão esquerda também voltou a se movimentar tranquilamente, mas, para sua segurança, conforto e bem-estar, optaram por mudar para a cidade onde Helena era professora: o marido, Vinícius, pediu transferência do trabalho para acompanhá-la.

Instalados na nova cidade, logo se enturmaram com os colegas de trabalho de Helena da universidade e tudo parecia fluir bem. Fizeram um investimento no setor imobiliário: ambos uniram as rendas e decidiram comprar um apartamento. Vinícius fazia muitas viagens a trabalho e Helena tinha medo de ficar sozinha em casa, então optaram por um local mais seguro, até porque agora que os filhos tinham suas próprias vidas, não fazia mais sentido ter uma casa gigantesca só para duas pessoas.

Acontece que a mudança de cidade não fez bem a Helena, que, aos poucos, foi percebendo que o marido mudava de comportamento. Seus defeitos estavam mais "aflorados". Ele se queixava de tudo em relação a Helena, inclusive da sua aparência, dizia que Helena não era mais tão elegante. Nas refeições que Helena preparava, ele sempre achava maneiras de colocar defeitos na comida. Mas o pior foi a antipatia desenvolvida por Vinícius em relação às atitudes de Helena com os três filhos. Helena sempre foi muito atenciosa e cordata com eles nas questões financeiras, pois sempre ajudava os filhos dentro de suas possibilidades, principalmente Alice, pois os meninos eram independentes financeiramente e não precisavam da ajuda da mãe.

Alice, ainda dependente de Helena, cursando faculdade, resolveu morar junto de Fernando no regime de união estável. Mesmo assim, Helena propôs ajudar Alice financeiramente para que ela pudesse terminar a graduação tranquilamente. Um outro fato foi que Helena deu a Alice um carro usado, que era de Vinícius, carro esse que veio de uma negociação entre o casal. O carro tinha alguns defeitinhos, devido ao número de anos de uso, e Alice não quis ficar com o automóvel e decidiu vendê-lo. Esses dois fatos foram um divisor de águas no casamento de Helena, pois o marido discordou veementemente de Helena continuar a ajudar Alice financeiramente já que essa estava constituindo vida de casada com Fernando. Ele ficou possesso principalmente com o fato de Alice rejeitar o carro e vendê-lo.

Esses dois fatos têm outra versão a ser contada. Vinícius havia investido um dinheiro no conserto do carro antes de entregá-lo a Alice e, devido à compra do apartamento em conjunto com Helena, ele tinha receio de que ela não conseguisse ajudar a pagar as prestações do imóvel, haja vista que Vinícius havia pagado toda a negociação sozinho com o dinheiro que havia recebido da herança de seu pai. Diante disso, o tempo foi passando e a antipatia se tornou aversão. Vinícius ficara amofinado com Helena, mal se falavam dentro de casa e quanto mais o tempo passava, pior se tornava o clima da casa.

Para falar a verdade, Helena sempre fora desorganizada financeiramente, mas, dentro de sua desestrutura, ela conseguia levar as contas em dia. Isso causava em Vinícius muito desconforto e preocupação, fazendo piorar ainda mais a situação entre o casal. Ela levava semanalmente esses acontecimentos para a terapia e buscava falar com amigas sobre os fatos ocorridos, tentando achar uma saída para que o marido voltasse ao seu estado natural de bem viver com ela. Tentativas sem sucesso: as brigas por conta desses fatos culminaram no divórcio do casal.

Foi em um dia de terça-feira, era uma tarde de inverno quando Helena, diante de seu psicólogo, expunha a situação que vinha se arrastando há meses em casa. O terapeuta então fez uma observação:

— Helena, você vem desde janeiro trazendo para a terapia o mesmo problema, não está na hora de refletir um pouco mais sobre isso? Veja bem, quando há amor entre um casal eles lutam para resolver o problema juntos. Me parece que no seu caso não é assim, vocês dois não estão resolvendo o problema. Procure seu esposo e tenha um diálogo com ele!

Assim fez Helena, chegou em casa e ficou aguardando o companheiro. Ele chegou e foi direto para o banho, demorou um pouco, e Helena ansiosa aguardava no quarto sentada na beira da cama. Quando terminou o banho, ele se dirigiu até a cama, recostou e disse:

— Pode falar!

Helena respirou fundo e disse:

— Vou ser direta, você quer se separar?

— Sim, quero!

Nesse momento Helena perdeu o fôlego, respirou fundo e falou:

— Desde quando?

—Faz algum tempo que estou amadurecendo a ideia!

— E por que não fez isso antes?

—Estava aguardando a negociação do apartamento finalizar.

Helena começou a chorar:

— Por que vamos separar?! Somos um casal tão bonito juntos, por favor, vamos tentar, não me deixe!

— Eu não vou ficar porque você não vai mudar, você sempre coloca seus filhos como prioridade! Eu não consigo mais, cansei, se um filho seu der um grito, você sai correndo. Nunca fui prioridade na sua vida, e outra, você nunca renuncia a nada, por exemplo os natais. Nunca se dispôs a passar natal na casa da minha família, sempre é na sua!

Natal para Helena era sagrado e ela sempre fazia na sua casa uma ceia e reunia ao redor da mesa seus filhos, amigos e familiares. Passara anos da vida comemorando o natal dessa forma. Ao se casar, continuou com sua tradição familiar, porém, depois da ceia, continuava a comemoração na casa da família dele. Não era que ela não passava o natal com eles, acontece que ela se dividia entre as duas famílias, já que nenhuma se dispunha a se misturar com a outra. E além disso, a família dele não comemorava o natal por ser aniversário da mãe dele, então eles optavam em comemorar aniversário, e não natal.

Chorando copiosamente, Helena não acreditava no que acabara de ouvir, ela sentia que de alguma forma poderia reverter a situação e dessa forma começou a implorar:

— Pelo amor de Deus, eu me ajoelho aos seus pés, eu te imploro, não vamos separar! Casei com você para viver a vida inteira. Por favor, reconsidere!

— Não vou reconsiderar! Chega de falar, está me irritando, que chateação! — Gritou ele.

— Você não muda! — Diz ele.

Helena questiona o que pode ser feito para que ele mude de ideia e ele responde já irritado:

— Não vou mudar de ideia.

Ela então desiste de implorar e pergunta como eles farão, se ele vai sair de casa ou se ela sairá. Ele responde:

— Para mim tanto faz!

Então Helena diz que ele deve sair e ir para o apartamento que ambos compraram juntos. Ele mais que depressa aceita. Helena pede que ele vá dormir no quarto de hóspedes e argumenta:

— Você tinha intenção de se separar de mim esse tempo todo e continuava a dormir na cama comigo e a manter nossa intimidade?

Vinícius se irrita ainda mais:

— O que tem uma coisa a ver com a outra?

— Tem a ver que de onde venho quando uma pessoa se entrega a outra é por sentimento, e você me parece não ter nenhum sentimento por mim, e sim querer me usar!

Ele diz a frase mais sem sentido que Helena poderia ouvir mediante tal questionamento:

— Uma coisa é uma coisa, outra coisa é outra coisa.

Helena pede que ele saia do quarto e vá dormir no quarto de hóspedes e ele nem pestaneja, pega seu travesseiro e pede a ela que lhe arrume uma roupa de cama. Ela providencia e ele se retira do quarto do casal. Ela desaba sobre a cama e chora desesperadamente, enquanto ouve o ronco dele dormindo tranquilamente no quarto ao lado. O sentimento de desamparo acomete o peito dela e, quanto mais ela tenta entender a situação, pior se sente e aumenta o choro. Procura na internet uma oração que possa lhe acalmar a alma, e reza. No dia seguinte ele acorda pleno. Sem se falarem cada um se arruma e vai para o trabalho.

Como realizar as atividades de trabalho se Helena não conseguia parar de chorar? Ela procura sua coordenadora, liga e pede ajuda a ela e a outra colega, as duas vão rapidamente em seu auxílio. Ela conta o que aconteceu e todas ficam incrédulas, haja vista que Helena não comentava sua vida no ambiente de trabalho. Palavras reconfortantes e abraços são distribuídos. As amigas conversam entre si, decidem que Helena deve ficar em casa e a acompanham até lá. Passam horas conversando e a apoiando. No final da tarde, Vinícius chega em casa, pede a chave do apartamento novo e começa a retirar as roupas dos armários e pôr no carro para levar.

O telefone toca, é sua prima e comadre Mara. Helena conta o que está acontecendo com ela naquele momento, vendo o marido altivo e friamente retirando as coisas de casa. Mara se preocupa com a situação da prima e toma a atitude de ligar para Heitor sem que Helena saiba. Ela liga e pede a Heitor que busque Helena na cidade vizinha, explica que a mãe dele está sozinha e precisando dele. O rapaz sem pestanejar se dispõe a buscá-la, liga e diz:

— Mãe, arruma uma malinha de roupa que estou indo te pegar!

— Não precisa, filho!

— Mãe, já estou pegando a estrada, fica pronta e me manda a localização do endereço.

Assim como os irmãos, Heitor havia deixado de frequentar a casa da mãe devido à desatenção e introversão com que eram recebidos por Vinícius. Não só os filhos, mas as amigas e o restante dos familiares pararam de frequentar a casa do casal.

Enquanto arrumava uma mala de roupas, Helena ligou novamente para sua amiga e coordenadora, contando o que estava acontecendo naquele momento. Ela se dirigiu rapidamente até a casa de Helena e disse:

— Amiga, você não precisa passar por isso! Vamos para minha casa.

Com um suspiro e lágrimas no rosto Helena conta que o filho Heitor está a caminho para ir buscá-la.

— Então vamos para minha casa aguardar seu filho lá.

E assim fizeram as duas. No caminho, Helena chorava e se lamentava, ainda não acreditando que tudo aquilo estava acontecendo com ela. Os pensamentos iam desde o dia do seu casamento em que estavam felizes até o momento em que ele fosse aparecer com outra mulher, e isso a fazia chorar ainda mais.

Separação é algo muito triste, afinal de contas, uma família é desfeita. Helena buscava na mente todas as coisas que ela achava que deveria ter feito para que isso não acontecesse e se via dividida entre os filhos e o marido. Não é justo ter que escolher um lado. E o lado materno dela era o predominante, evidentemente. Não há escolha. Optou pelos filhos e pela sua liberdade. E por falar em liberdade, há de se explicar que Helena vivia de forma insegura nos últimos anos, pois foram dois anos de pandemia de Covid-19, mais o diagnóstico de esclerose múltipla e os conflitos. No começo Helena e o marido faziam tudo juntos, viagens, passeios, visitas na casa de amigos e familiares. Não havia conflitos. Com o passar do tempo, ele foi ficando recluso em casa, jogando videogame, assistindo canal de esportes e evitava sair. Enquanto isso, Helena, para não desagradar e não deixar o marido sozinho, não saía mais.

Com o tempo a casa se esvaziou e as pessoas se afastaram. Helena ficava grande tempo em prol do companheiro, apesar de ele achar que ainda era insuficiente a disponibilidade da esposa para com ele. Em casa, tinham uma rotina complexa. Após expediente de trabalho, ele se dedicava aos jogos online, rindo e conversando nos fones de ouvido. Passava horas indo até a madrugada jogando um jogo famoso de tiros e guerra. Enquanto isso, Helena, após seu expediente, colocava roupas na lavadora, assistia à televisão no quarto, lia um livro, às vezes ficava no computador adiantando suas tarefas, estendendo o expediente. Ela se sentia solitária, sem alguém para conversar. Apesar de todo recurso tecnológico disponível, Helena não conseguia ficar como Vinícius ficava no celular o tempo todo.

Ela gostava da internet, fizera até uma página em uma rede social para mostrar seu dia a dia como pessoa com esclerose, mas ainda assim não conseguia ficar tanto tempo logada. O único passeio que o casal fazia juntos ultimamente era no mercado ou na casa da família dele. Aliás, deve ser destacado aqui que, quando estava junto dos familiares dele, ele se transformava em outra pessoa. Ficava alegre, divertido e relaxado. A expressão facial sombria sumia facilmente. Helena percebia e se ressentia muito disso. Mas não falava, exceto em um dia, quando discutiam e ela apontou que ele só se emocionava com os dois filhos menores. Nesse caso, chegavam as lágrimas facilmente com qualquer fato que acontecia: desde uma palavra até um gesto de criança, com tudo dos filhos dele ele se emocionava.

Na casa de Heitor, Helena se sentiu amparada e acolhida. O filho havia conversado com a mãe durante o trajeto entre as cidades e dito que a vontade de Deus prevaleceria, que essa situação não passava de um livramento, que ela iria voltar a ser a pessoa que sempre foi, alegre, risonha e disponível para a felicidade. Helena se sentiu consternada com o carinho e a maturidade do filho. Os dias se passaram e Helena tinha que retornar ao trabalho, então, em um domingo ensolarado, no final da tarde, Heitor a levara embora. Chegar em casa e ver que o marido havia retirado móveis e eletrodomésticos mexeu muito com ela e mais uma vez foi preciso buscar forças de onde não tinha.

Helena já havia decidido retornar para sua cidade de origem assim que o contrato de aluguel da casa onde morava vencesse e o semestre letivo se encerrasse, pois ali, além das amigas da universidade, ela não tinha nenhum familiar. Estava longe dos filhos, das netas e dos irmãos e sentia muita falta da família. Recomeçar era preciso, iniciar um novo ciclo, divorciada e sem o companheiro. Para ela, recomeçar não era uma tarefa desconhecida, muito pelo contrário, ela sabia bem o que era ter que lutar e dar a volta por cima.

Doraci e Joventino

Era década de 70 e ela, Doraci, de 16 anos, se dispôs a fugir de casa com o então namorado Osvaldo. Os pais de Doraci, Filó e José, eram lavradores, de uma formação simplória, porém, como a criação dos filhos era muito rígida, ficaram sem entender nada. A jovem, encantada pelas qualidades do moço e pela aventura, se foi, na ilusão de viver um amor pleno e apaixonado. Eis que o relacionamento foi interrompido com a notícia de uma fatalidade: Osvaldo havia atirado com um revólver em uma moça e na sequência tentado se matar com um tiro no ouvido. O motivo foi incentivado por ciúmes, já que ambos eram amantes. Diante de tal situação trágica, a jovem Doraci retorna à sua cidade e procura a ajuda dos tios para que intercedam junto aos seus pais para que ela, considerada desonrada, retornasse ao lar dos pais. Foram várias tentativas sem sucesso. Nesse ínterim, eis que se percebe a jovem grávida. Ela não fazia ideia do que havia acontecido com Osvaldo e fazia questão de se manter escondida.

A gravidez indesejada marcava o início de uma trajetória permeada de muito amor, sofrimento, angústia e resiliência. O parto de Doraci foi muito difícil, sendo necessário o uso da manobra fórceps. Nasceu uma linda menina, a quem deram o nome de Helena. Quando a criança completou três meses, Doraci conseguiu retornar à casa dos pais com a ajuda dos tios. O pai de Doraci a recebe e imediatamente se apaixona pela pequena Helena. A mãe de Doraci está com uma filha de seis meses nos braços, Márcia, e ela e Helena são criadas juntas como irmãs. Doraci retorna à sua vida estudantil, apoiada pela mãe Filó, e conhece o jovem Joventino: os dois, enamorados, decidem se casar. Doraci então conta a Joventino que tem uma filha, ele diz que o passado dela não importa, que ele dará a ela e a filha um nome e uma família. A jovem Doraci se casa na igreja, vestida de cor rosa, pois o branco já não lhe era mais permitido segundo os padrões católicos daquela época.

Joventino aceita Helena como filha e a registra em seu nome e pede para que nunca seja contado a Helena que ele não é seu pai verdadeiro. Uma família é formada. Doraci tem mais dois filhos, Flávia e Flávio e a família aumenta.

    Doraci se esforça para ser uma boa dona de casa, boa mãe, cuidando de tudo enquanto Joventino trabalha fora como caminhoneiro. Joventino sempre foi homem de poucas palavras, mas era apaixonado pela família. Doraci sempre foi extremamente vaidosa com sua aparência física. Dada a cuidados extremos com cabelo, estava sempre arrumada, mesmo dentro de casa. Acontece que Joventino passava muito tempo fora de casa e Doraci era uma mulher muito bonita, quiçá uma das mais bonitas da cidade. Ela nunca mais vira Osvaldo, nem tinha notícias dele para saber se estava vivo ou não. Criava Helena como filha de Joventino e os dois nunca tocavam no assunto.

    Até que um dia Helena achou uma carta escondida nos guardados de Doraci, foi até sua avó Filó e questionou que história era aquela da carta. Foi então que Filó contou a Helena que ela não era filha de Joventino. Aquilo partiu o coração dela como um punhal: ela que idolatrava o pai não era filha dele. Foi uma das maiores decepções de Helena, que mais tarde compreendeu que o amor que ela sentia por Joventino era o elo ente pai e filha, não o vínculo sanguíneo. Joventino e Doraci ficaram casados por 29 anos até que um dia Doraci resolveu que queria "viver a vida" dela de uma outra forma.

    Separou-se de Joventino, saindo de casa, o que gerou muita revolta dos filhos, principalmente da Helena, que foi a mais revoltada dos três. Doraci se separou, arranjou namorado, aprendeu a dirigir e arranjou um trabalho. Mais tarde passou no concurso público da prefeitura local. A separação de Doraci e Joventino foi um divisor de águas na vida de Helena, que não aceitava de forma alguma a atitude da mãe. Ficava com raiva e irritava-se facilmente, falava mal da própria mãe e por vezes chegou a proferir palavrões. O que ninguém percebia era que Helena não estava pronta para ver seu cerne familiar se desmanchar, ela não sabia separar a mãe da pessoa, e isso fez com que por longos anos Helena não se desse bem com Doraci. Podia ser qualquer situação, Helena sempre arranjava um jeito de criar caso e desavenças. Envolvia todos da família e tinha apoio de seus filhos, que sofriam tanto quanto ela com a separação e a mudança de Doraci. Primeiramente Joventino foi morar com Flávia, depois passou a morar com Helena e os filhos. Ele bebia muito e Helena sempre se queixava com seus irmãos. Joventino, após alguns anos sozinho, resolveu arrumar uma companheira, Geralda era seu nome, mulher humilde e batalhadora, cuidava bem de Joventino. Com o passar dos anos e o avançar da idade, Joventino adoeceu, ficou diabético, hipertenso, cardíaco e depressivo. Graças ao trabalho de Helena, eles tinham plano de saúde, e sempre que precisavam iam a médicos especialistas. Durante longos anos Joventino foi piorando seu quadro de saúde tendo pequenos infartos e um acidente vascular cerebral, o que aumentou o uso de medicações e redobrou a atenção de Geralda no cuidado com ele.

Doraci seguia sua vida, mas nunca mais falou com Joventino, e as reuniões familiares ficaram complicadas, pois se um estivesse presente, o outro não poderia ser convidado. Helena assumiu o lado do pai, contra a mãe. Via no pai o lado mais fragilizado, o lado que necessitava mais de apoio e carinho. Fazia reuniões em datas comemorativas e almoços de domingo e nunca convidava sua mãe Doraci, pois o pai e Geralda estavam sempre em sua casa ou vice-versa. No casamento de John, Doraci não foi convidada pois Joventino iria estar. Mais tarde, Helena percebeu que isso foi um verdadeiro equívoco, pois ela e os filhos não deveriam ser penalizados pela separação dos dois. Essa situação durou até a morte de Joventino. Só então Doraci passou a ser convidada para as reuniões e almoços familiares da família de Helena.

    A presença de Doraci sempre foi marcada por muitos risos e brincadeiras, pois ela sempre foi muito alegre e divertida. Teve vários parceiros, mas teve um em especial que durou 16 anos: o nome dele era Otávio. Quando eles se separaram, ele se contaminou com Covid-19 e foi a óbito, o que fez com que Doraci sofresse bastante, pois na ocasião eles estavam brigados. Doraci gostava muito de dançar e não se furta a um bom forró, sempre acompanhada das amigas aproveita a vida como se não houvesse amanhã. Muito vaidosa, está sempre bem-vestida e faz tratamentos estéticos no rosto, o que a deixa pelo menos dez anos mais jovem na aparência.

    O relacionamento com Helena havia melhorado bastante, as duas tinham uma relação de respeito e muita consideração. Isso passou a acontecer depois que Helena aprendera a compreender sua mãe. Foi com a ajuda do grande amigo/irmão Dio que Helena aprendeu a aceitar sua mãe Doraci como ela era. Dio recomendara que Helena fizesse um bolo e nele colocasse todo o amor que tinha no seu coração pela mãe, que, enquanto fosse mexendo a massa e colocando os ingredientes, fosse em silêncio fazendo uma prece de amor e caridade. E assim Helena o fez: preparou um bolo de canela e o levou para sua mãe, que ficou muito satisfeita. E juntas elas degustaram aquele bolo. Doraci sem saber de nada comia com gosto. A partir dessa iniciativa, Helena percebeu o quão era fácil não ficar debatendo com a mãe. Helena se dispôs a amar e a cuidar da mãe, sem pensar nas atitudes que ela tinha e sem a reprovar. Ela não fazia mais julgamentos, nem a recriminava, as duas se davam bem e Doraci passou a contar sobre seus romances e aventura para Helena, que ficava incomodada, afinal, ainda eram mãe e filha.

Sentimentos

Os anos se passaram, a pandemia acabou. Os filhos de Helena já adultos, todos casados e tudo parece se encaixar. Helena sentada em frente ao mar pensa em tudo que passou até chegar ali. Uma trajetória marcada por muitas lágrimas e muitas conquistas. Ela sente a presença de seu anjo da guarda o tempo todo, sua intuição nunca a abandonou. Quando adormece, sempre pede ajuda ao seu mentor para que suas orientações se transformem em intuições. Ela acredita fielmente que existe uma energia que ninguém consegue ver, apenas sentir. Pratica vários mantras e um dos que mais gosta e faz é: entrego, confio, aceito e agradeço. Na concepção de Helena ela se conecta com o universo. Ela tem a mania de olhar o relógio e quando, coincidentemente, as horas estão pareadas, como, por exemplo 10h10, nesse momento ela sempre faz uma oração em silêncio, não importa onde e com quem ela esteja. Helena se tornou uma mulher mansa, de alma agitada, mas de coração sereno.

    Ela busca sempre o melhor da situação e sempre evita conflito, apesar de achar que, quando há um conflito, o produto sempre gera algo positivo. Vive para o trabalho, tem na docência uma realização pessoal. Sempre com muito carinho prepara suas aulas, e faz do ofício seu lazer. Na convivência familiar prefere reunir todos à sua volta. Sempre que pode, visita os filhos, a mãe e os parentes. Na vida adulta, Helena ainda não conseguiu se estabilizar financeiramente, mas vê sua vida atual como um sonho. Ela é a prova viva de que, se você tem um sonho, deve lutar e buscar realizá-lo. Dificuldades irão aparecer e você vai pensar que não consegue mais, nesse momento é hora de respirar, sentar-se, deixar o silêncio invadir sua alma e lá no fundo do coração buscar a força de que necessita para continuar lutando. Foram inúmeras as situações que Helena enfrentara e nunca se deixara abater. Havia choro, claro, mas cair não era uma opção, afinal, havia três crianças para alimentar e cuidar. Quando as crianças eram pequenas, as coisas eram mais difíceis. E conforme iam crescendo e Helena buscando colocação, as coisas foram melhorando. Houve ocasiões em que ela ficara perdida, por exemplo, quando os meninos atingiram a idade de dez e oito anos e não podiam mais ficar na creche, então ela teve que deixá-los em casa. Acontece que nem sempre havia dinheiro e contratar uma babá era tarefa impossível. Foi aí que passou a contar com a ajuda da sua vizinha Cida.

Ela ficava de olho nos meninos de vez em quando. Essa estratégia não funcionava muito bem, mas era o que Helena tinha naquela ocasião. Alice ficava em um berçário particular e, quando Helena chegava para buscá-la, houve vezes que vinha com a bochecha mordida por outra criança. Essas situações faziam com que Helena se culpasse por ter posto filhos no mundo e não dar conta de criá-los como deveria. A culpa permaneceu por toda a vida dela, que, além de se culpar, culpabilizava Doraci, que não trabalhava fora e se recusava a cuidar dos netos de vez em quando pois estava "vivendo sua vida".

Mais tarde Helena iria perceber que tudo foi necessário para seu crescimento moral e espiritual. Já na adolescência, os garotos davam trabalho nos seguintes aspectos: brigavam entre si por tudo e batiam o carro de Helena. Sim, batiam seu carro em imprudências cometidas no trânsito — poderia dizer que eram coisas de jovens, mas não, era imprudência mesmo. Uma coisa que Helena ensinou aos filhos foi o respeito. Sempre exigia que eles a tratassem por senhora e que tomassem benção. Para os padrões daquela época isso era antiquado, mas ela não abria mão, e isso se estendia para as demais pessoas. Muito cedo eles tiveram que aprender sobre muitas atividades, pois Helena os matriculava em cursinhos gratuitos ofertados pela prefeitura e eles cumpriam a carga horária de atendente de telefonista, recepcionista, informática, entre outros.

A estratégia de Helena era manter os filhos ocupados e qualificá-los ao mesmo tempo. Quando ficaram adultos estavam um passo à frente em termos de currículo. Dos seus três filhos, o que mais parecia em termos de personalidade com ela era Heitor, sempre muito convicto em que queria graduar-se, logo foi para o mestrado. Na empresa em que atuava foi promovido diversas vezes, mas sua natureza era idêntica à de Helena quando se irritava, pois falava até o que não devia, ao contrário de John e Alice que eram calmos e dóceis, sempre muito carinhosos — principalmente Alice, muito próxima da mãe: sempre faziam tudo juntas.

A maturidade de Helena chegou após os 40 anos. Nessa idade ela conseguia pensar com mais calma, aprendeu que a resiliência veio com o passar dos anos e as dificuldades enfrentadas. Sentia que sua espiritualidade estava mais aguçada, aprendera a se calar diante das adversidades, pois antes ela chorava e esperneava quando tinha um problema, agora não, agora ela enfrentava na maioria das vezes em silêncio. Aprendera que o silêncio dava tempo de ouvir, processar e pensar se valia a pena uma resposta ou não para aquele problema novo que surgia.

Um fato interessante em relação à esclerose múltipla foi o de Helena querer dar voz a doença. Para isso criou numa rede social uma página, em que falava da sua vida, do seu dia a dia, da sua rotina e de como era importante fazer atividades físicas para a manutenção e controle da doença. Com essa página alcançou várias pessoas e pôde: enviar medicação pelo correio como doação, ajudar a encaminhar para neurologistas pessoas que viam seus vídeos explicando sobre a sintomatologia da doença, havendo quatro novos diagnósticos por conta da sua página na internet. Nunca teve comentários ruins na rede social e encontrou ali mais uma vez uma forma de ajudar pessoas.

Deixe-me aqui fazer um breve comentário sobre a Helena professora: sempre muito atenta às necessidades de seus alunos, exercia a docência com muito amor e dedicação. Ajudava os estudantes, e por diversas vezes doou roupas brancas, calçados, livros e o mais importante doou a si mesma. Alguns a amavam, outros a odiavam porque era muito exigente, sempre dizendo:

— Vocês vão lidar com vidas! Sempre se coloquem no lugar do paciente e de seus familiares.

E assim seguia, semestre após semestre executando seu trabalho, e a esclerose não a fez parar, apenas diminuir.

Com o avanço de sua doença, Helena aprendeu que a vida era feita de um dia de cada vez, não adiantava mais acelerar, isso devido ao fato de Helena ter fadiga, um sintoma muito comum para quem tem esclerose múltipla. Além do mais, ela teve que ressignificar sua vida, fazer escolhas, aprender a ir devagar, o que foi desafiador, diante dos múltiplos papéis que ela tinha que desempenhar: sendo mãe, esposa, avó, filha e sogra. Não nessa ordem necessariamente, mas executando a contento seus papéis. Como sogra, respeitava muito suas noras Manuely e Karina, ambas eram como filhas para Helena. Sempre que podia, ela queria estar junto das garotas e fazer programinhas de sogra e nora. Com Fernando não era diferente, pois, muito atencioso e tímido, roubava a atenção de Helena facilmente. As noras davam cor a sua vida.

Os sentimentos de Helena na vida adulta incluíam muita culpa, principalmente com a criação dos filhos e os relacionamentos frustrados. Ela achava que poderia ter feito diferente, ter sido mais presente, talvez não tivesse estudado tanto, mas ao mesmo tempo que esses pensamentos invadiam seu coração sua consciência trazia à tona as possibilidades, pois tudo que os filhos queriam Helena corria atrás e proporcionava. Se ela não tivesse estudado e se preparado, talvez não conseguiria prover como eles precisavam. Um outro fato interessante sobre Helena é que sua casa era sempre cheia, de amigos, de parentes, dos amiguinhos dos filhos. Ela sempre fazia questão de reunir a família para tudo. Com o crescimento dos filhos, com a mudança de cidade e o passar dos anos, isso foi se modificando.

Para suportar tamanha mudança, Helena procurou ajuda de psicólogos, iniciou terapia e vivia tristemente com isso, pois havia outras questões que ela precisava tratar, como, por exemplo, a culpa em relação à criação dos filhos e o ciúme que tinha do então marido Vinícius. Helena tinha muito ciúmes, tudo isso gerado pela insegurança e pelo medo do abandono, sentimentos negativos que ela buscava combater com a terapia, com meditação embalada por músicas com sons de natureza.

Helena, com o passar dos anos, ficara meio holística, buscando uma compreensão global acerca dos fenômenos da vida. Fazia uso de incensos e mantras: aos poucos seu coração e sua mente iam se alinhando. Não saberia aqui dizer, mas durante muitos anos Helena foi agitada, por vezes até meio desbocada. Com a esclerose múltipla em sua vida, ela teve que se ressignificar, desacelerar e isso a tornou uma mulher mais sensível e silenciosa. Havia várias paixões que ela nutria: dentre elas estavam o café, a música e a natureza. Sempre que podia buscava se conectar com a natureza em passeios para fazenda, ou em viagens. Aliás, ela adorava viajar, dizia que viajar enriquecia a sua alma. Suas viagens eram sempre programadas para locais onde ela pudesse ficar à vontade, descalça e de forma leve. Pisar o chão era essencial para ela. Alguns poderiam achá-la esquisita, mas ela não se importava, estava tudo bem em ser considerada esquisita.

Tempo de travessuras

Este capítulo é destinado a descrever as travessuras que os filhos de Helena praticavam enquanto crianças e depois na adolescência, durante o tempo em que ela estava trabalhando fora e eles tinham que ficar em casa sozinhos, com apoio de Cida, a vizinha. Eram constantes as ligações telefônicas da vizinha no ambiente de trabalho de Helena, uma vez que não existia ainda a possibilidade de ela ter um aparelho de celular. Helena, sempre dedicada aos afazeres domésticos, aproveitava os finais de semana para organizar os lanches da semana seguinte. Preparava salgadinhos e os congelava para facilitar e ganhar tempo na correria do dia a dia. Os meninos, um belo dia, resolveram fritar uns salgadinhos. Então John assumindo a liderança colocou uma panela com óleo no fogão e se distraiu na televisão assistindo a desenhos. Quando lembrou da panela, colocou o conteúdo para fritar e, devido à alta temperatura do óleo e o salgado frio, labaredas de fogo tomaram conta da panela e do fogão. John, desesperado, jogou água e houve uma pequena explosão de óleo para todos os lados. O teto da cozinha ficou todo preto enfumaçado. Durante muitos anos o teto ficara assim para lembrar-lhes de que fogão era perigoso. Helena ficava 24 horas preocupada com os garotos e quando chegava à casa era um verdadeiro alvoroço. No pouco tempo que lhe restava, entre os horários de intervalo de almoço e final de expediente antes de ir para a faculdade, ela ia para casa correndo para averiguar como os meninos estavam.

Um dia, os dois garotos, brincando com uma tesoura de cortar papel, acabaram brigando entre eles e John acabou perfurando a perna de Heitor, que teve que ir para o hospital fazer curativo e sutura na perna. Ele tomou injeção no bumbum e chorou muito. Helena, vendo Heitor chorando novamente, atormentava-se por não estar presente e isso ter acontecido. Mas estar presente era subjetivo. Em uma ocasião, ela havia feito um bolo e os dois, aprontando, jogaram o bolo do outro lado do muro. O bolo espatifou-se na casa da vizinha, que veio reclamar. Isso tudo ocorreu enquanto Helena estava no banho.

As travessuras eram variadas e muito perigosas. Já na adolescência um, com vinte e poucos anos, e outro, com dezoito, estavam a brincar com uma espingarda de chumbinho de um dos primos, no fundo do quintal da casa. Foi então que o gato da vizinha, passando pelo telhado, acidentalmente foi atingido pelo estilhaço do chumbinho e veio a falecer. Os meninos entraram em pânico: como dizer para a vizinha que seu gato havia falecido num acidente de bala de chumbinho perdida e como fariam para enterrar o pobre gatinho? Eles tiveram de arcar com a responsabilidade e nunca mais brincaram com armas, exceto Heitor que na vida adulta fez os testes para ter porte de arma, o que deixou Helena muito contrariada ao ver o filho praticar esse esporte.

Ainda na adolescência, Helena fazia questão de ser a "mamãe táxi", ou seja, ela levava e buscava onde fosse necessário para garantir a segurança dos filhos. Quando ficaram maiores, ela os levava às festas e buscava de madrugada, com horário marcado e combinado. Em uma ocasião, Heitor foi a uma festa na boate da cidade, junto dos amiguinhos. Heitor ligou para Helena ir buscá-los e combinaram de ela pegá-los na porta, porém, eles mudaram de ideia e entraram novamente na festa. Helena levantou-se da cama, despenteada e de pijamas, entrou no carro e foi buscar os garotos, mas eles não estavam no local combinado. Então ela estacionou e desceu à procura deles. Os amigos já nem estranhavam mais a atitude de Helena. Sem contar que, quando os filhos entravam no carro depois de uma balada, ela os fazia abrir a boca e cheirava na intenção de verificar e fiscalizar se haviam bebido ou não.

Uma passagem interessante foi quando as meninas começaram a aparecer e fazer parte da rotina. Foi deveras incomum para Helena e Alice. Do nada havia uma garota em casa, chamando Helena de "tia", um ser estranho, vestida com roupas estranhas, e agora como se fosse parte da família. No carro, eles já não brigavam para ir no banco da frente mais. Davam um jeito e se apertavam lá atrás com suas garotas que iam ao almoço de domingo da família. Os passeios já não eram mais os mesmos, pois tinham que incluir a 'fulana'.

Em relação à Alice, essa era um anjo, nunca trazia preocupações para Helena, sempre organizada, cuidava das tarefas escolares com primazia e jamais se envolvera em uma travessura tão grande quanto a dos irmãos. Para falar a verdade, Alice era o bálsamo na vida de Helena. Sempre muito doce e carinhosa, atendia a mãe nas suas solicitações, ajudava nas tarefas de casa e vivia às voltas com sua coelha de pelúcia chamada Lilica. Helena gostava muito de colocar adornos em Alice, que estava sempre impecável, com cabelos cor de mel e cheio de cachinhos. Alice chamava a atenção por onde ia com cabelos longos, cuidados exclusivamente por Helena. Alice aprontou sua primeira travessura aos dezesseis anos, quando juntamente a algumas colegas do segundo ano do ensino médio pegaram uma calcinha de algodão gigantesca, escreveram alguns nomes de meninas e atiraram a calcinha na sala do terceiro ano. Helena foi chamada na escola e como punição teve que comprar meia dúzia de calcinhas e doar para a casa de idosos da cidade. Afora esse episódio, Alice na infância não dera trabalho.

Uma incongruência na vida de Helena foi a forma como ela criou Alice, totalmente debaixo de suas asas, como diria Filó. Mas, quando a menina quis estudar fora, ela a levou e a deixou em outro estado, outra cidade, a mais de 350 quilômetros de distância. Alice teve que aprender a se virar sozinha, pegar ônibus e ir para o cursinho. Ali ela estava por sua conta e risco, longe de casa e da família. De início, ficou na casa de um primo distante por trinta dias, e esse cobrava pela permanência da garota em sua casa. Helena combinou com a colega de faculdade Lúcia de a filha ir morar com ela. Lúcia havia estudado na cidade de Helena, mas, após formada, foi para outro estado fazer mestrado e doutorado. Atuava como professora substituta na universidade da cidade e morava sozinha. Ter Alice como companhia seria bom. Alice ficou com Lúcia por quase dois anos até que se mudou para mais perto do cursinho e foi dividir o apartamento com uma amiga, chamada July.

A família de July morava mais perto e logo acolheu Alice, que morava longe da mãe e dos irmãos. As famílias ficaram amigas e mais tarde Helena pôde retribuir o carinho acolhendo Diogo, irmão de July, na sua cidade. Para Helena foi um verdadeiro sossego July e Alice morarem juntas, pois isso a tranquilizava. Algum tempo depois, convidaram outra amiga, a Melissa, para dividir o apartamento e as três se tornaram amigas de alma. As famílias eram amigas, todos ficaram próximos, e uma acolhia a outra. Melissa, como o próprio nome dizia, era pura doçura e July era baixinha e muito focada em exercícios físicos, gostava bastante de academia e praticava em casa também. Sempre que viajavam para suas casas, elas iam juntas nas férias. Já era esperado, onde uma estava, as outras duas estariam também.

July era pequena, de cabelos longos e apaixonada por academia de ginástica. Sempre muito atenciosa e compreensiva, acolhia Alice em suas crises de ansiedade. July era estudante de Medicina e fizera cursinho preparatório juntamente a Alice e Melissa. Dona de uma paciência invejável, July buscava resolver os problemas domésticos do trio, enquanto Melissa, doce como o mel, era a expressão do amor em pessoa. Sempre atenciosa e dona de uma ternura inabalável, ela era o carinho em forma de ser humano do trio de meninas.

Alice, depois que foi embora de casa, aprendeu a responder sua mãe, e isso chateava muito Helena, que sempre tentava lhe ensinar o respeito e a educação, mas, quando perdia a paciência, Alice sequer lembrava desses ensinamentos. Ela e os irmãos sempre se deram bem, exceto por algumas situações de ciúmes de Heitor com ela. Eles nunca brigaram em vias de fato como irmãos, apenas tiveram discussões escassas e esporádicas.

Por falar em Heitor, ele sempre foi muito enciumado por sua família, de sua mãe e irmãos, sempre querendo assumir o papel de protetor e cuidador, mas ao mesmo tempo reprimia a família. Ao contrário de John, que sempre foi muito tranquilo e desprendido e levava sua vida tranquilamente, o que Helena nunca conseguiu compreender, pois queria que o filho fosse diferente. Mais tarde ela perceberia que ele é que estava certo, vivendo sua vida tranquilamente: fazia as opções de acordo com cada situação que ia aparecendo. Helena lamentou por uma vida inteira o fato de John não ter cursado uma faculdade, mas ao mesmo tempo era feliz por ele ter uma profissão. Ela sempre teve medo de vir a faltar e os filhos não terem como se sustentarem.

Quando os filhos de Helena beiravam a idade dos trinta anos, começaram a fumar na frente de Helena, que ficava muito triste com isso, pois, como enfermeira, sabia bem quais eram as consequências a que o cigarro poderia levar. Ela tinha a sensação de que os filhos estavam se suicidando lentamente e isso a fazia sofrer muito. De todas as travessuras, essa foi a pior de todas.

Amizades

Sendo Helena uma boa aquariana com olhar sempre direcionado para a coletividade, com pensamento acelerado, gostando de autonomia e muita liberdade, sempre foi de fazer amizades facilmente. Vamos aproveitar este capítulo para contar sobre algumas amizades de Helena: algumas se foram, outras permaneceram. A começar pela infância. Sempre muito rodeada de crianças, gostava de brincar, mas ela tinha que manter o controle e liderança das brincadeiras, organizava bonecas em fila e era a professora.

Não há muito espaço para falar de amizades na infância, haja vista que Helena foi mãe aos 13 anos de idade. A amizade mais marcante foi quando Helena se envolveu com Lino. Sua amiga Veruska era inseparável, contava-lhe as coisas da vida, tinha uma criação mais livre em relação às outras moças da época e estava sempre à frente do seu tempo. Com a gravidez precoce de Helena, a amiga sumiu, pois foi proibida pela mãe de ter amizade com ela. Muitos anos depois elas se reencontraram na universidade e Veruska estava divorciada do marido, com câncer e com duas crianças para criar sozinha. Ainda na mesma ocasião, Helena tinha como amiga desde pequena a Anál03, moça muito atenciosa e prestativa. Estava sempre na casa de Helena, mas, quando arranjou um noivo, logo se afastou, explicando a Helena aos prantos que o rapaz e a mãe não queriam que ela tivesse amizade com uma mulher mãe solteira. Anos depois, Análla e o marido foram presos por darem um golpe numa empresa da cidade: tomaram-lhes todo o patrimônio adquirido.

Uma outra história interessante foi a amizade de Giliane. Moça de família tradicional, seus pais eram comerciantes e moravam na rua de trás da casa de Helena. As meninas cresceram juntas, sempre iam para fazenda nas férias e se divertiam. Na mesma ocasião em que Helena engravidou, as duas foram afastadas, pois seus pais achavam que a reputação da filha ficaria comprometida de andar junto a Helena. Mais tarde, Giliane se envolveu com um homem casado, empresário conhecido na cidade, e sua esposa a agrediu fisicamente na rua chegando a quebrar-lhe o dedo da mão direita.

Não obstante, já mãe de três filhos, fazendo a graduação, com uma grande dificuldade financeira, fez amizade com a aluna número um da sala. Ambas viviam e estudavam com muitas dificuldades. Seu nome era Lúcia. Ela sempre ia para casa de Helena para fazerem as tarefas juntas. Ensinava a Helena exercícios de bioestatística e tomava-lhe os pontos do conteúdo enquanto Helena fazia o almoço para as crianças. Era um exagero, Helena ia respondendo às perguntas enquanto colocava as crianças no banho, enquanto preparava as lancheiras e assim terminava seu horário de almoço, fazendo tudo ao mesmo tempo com ajuda da amiga Lúcia. Essa amizade permaneceu por todo o sempre. Lúcia se casou com Catarina e se mudou para a mesma universidade de Helena. As duas mantêm contato constante.

Helena tinha o hábito de levar as pessoas para sua casa, sempre gostou da casa cheia. O que ela não sabia era que nem todos são dignos de frequentar seu lar, que o lar é sagrado e a energia das pessoas pode interferir nas vibrações. Três situações envolvendo mulheres com quem fez amizade ficaram marcadas na vida de Helena. Os nomes delas eram Iná, Ester e Renata. As três trabalhavam com Helena em momentos e empresas diferentes da vida dela. Mas o que elas tinham em comum é que Helena as acolheu quando elas mais precisaram, pois elas haviam se envolvido com homens casados, sendo que Iná e Ester chegaram a engravidar e tiveram um menino e uma menina respectivamente. Mas esse não era um problema de Helena, até que todas as três traíram a confiança de Helena da forma mais vil que uma pessoa poderia agir: o trio foi perdoado, mas nunca mais fizeram parte da vida de Helena.

Foi aí que Helena se atentou e começou a pensar por que ela atraía amizades tão complicadas. Começou a fazer uma análise profunda e percebeu que era mais sobre ela do que as outras pessoas. Essa análise mostrou que pessoas erram e que estão fadadas a falhar. Mas o importante é que, na opinião dela, não se deve julgar, o amanhã não é conhecido de todos: hoje você pode estar por cima, mas amanhã algo acontece e você está na pior. Não queremos aqui apontar erros, mas todas as pessoas que ofenderam e excluíram Helena mais tarde se envolveram em algum drama, e está tudo bem, pessoas erram, pessoas choram e pessoas evoluem, basta aproveitar a oportunidade na hora certa. Levantar a cabeça e olhar para frente, sem medo de ser feliz.

Por falar em felicidade, para Helena a felicidade era um estado de ser, jamais ter. Para ser feliz ela se valeu dos sonhos que a mantiveram de pé, da fé que a carregou quando sentia que não havia saída e da esperança em dias melhores, pois tudo passa, dias ruins e dias bons também. Era só uma questão de acreditar.

Ela acreditava fielmente nas pessoas, no que diziam, no que contavam, e por diversas vezes fora alertada por Doraci sua mãe e até seus filhos. Eles sempre brincavam que ela não conseguia enxergar a verdadeira natureza das pessoas. Ela tinha uma amizade com uma senhora que havia sido amiga de sua mãe e mais tarde tornara-se mais próxima de Helena. A amiga atendia pelo nome de Dona Cacá, artista, mulher de princípios, muito cedo teve a alegria roubada com a partida do filho caçula com uma doença conhecida por glioma. Foram dias de muito sofrimento para Dona Cacá e seus familiares. Helena, em respeito à sua dor, fazia questão de ser presente na vida da amiga, para de alguma forma amenizar tamanha dor, que é a perda de um filho.

Pensando em amenizar, não podemos deixar de citar aqui a presença de Dio na vida de Helena. Um amigo/irmão de alma que trazia para a vida dela muita luz. Eles se conheceram quando ela foi trabalhar com ele em uma instituição de ensino de pós-graduação. Ambos viajavam juntos para Brasília a fim de ministrar aulas. Essas viagens eram recheadas de muita conversa e muitos ensinamentos. Dio era uma pessoa muito evoluída espiritualmente e por diversas vezes socorrera Helena em suas angústias pessoais e materiais.

Ele sempre a convidava para ministrar aulas de Auditoria em Serviços de Saúde, pois essa era uma área que Helena dominava bem. Mais tarde os laços de irmandade entre eles ficaram mais forte e eles sempre mantiveram o vínculo. Helena adorava a família de Dio e todos se davam bem. Dio sempre procurou fazer com que Helena lesse o evangelho e acima de tudo que ela procurasse uma forma de fazer caridade, demonstrando seu amor ao próximo. Sempre quando tinha um problema, Helena o procurava para desabafar e ele gentilmente trazia uma palavra amiga e uma reflexão para que ela pudesse pensar e resolver seus problemas sozinha de forma madura.

Em se tratando de trabalho, por onde Helena passou fez amizades para a vida toda. Foram muitas que ficaram, nem daria para descrever aqui a quantidade de pessoas com que ela tem amizade — não é coleguismo, é amizade mesmo!

Foi em meados dos anos noventa que, ao frequentar a igreja presbiteriana — pois Helena tinha muito disso, sempre buscava respostas para as coisas que não podia compreender, então frequentou várias igrejas e centros até encontrar-se consigo mesma e perceber que as respostas estão dentro do coração —, foi por volta de 1994 que Helena conheceu Alice

Salviano, moça alegre, divertida e cantora. Ficaram amigas logo de cara. Alice Salviano é a amiga de alma de Helena. Ambas ficam sem se falar durante alguns dias, mas quando se encontram é como se tivessem se visto há poucas horas. As duas ficaram tão próximas que Helena homenageou a amiga dando à sua filha o nome de Alice. É importante ressaltar que a amizade das duas transcendia os limites de distância, pois, apesar de longe, se sentiam muito próximas. Alice Salviano possuía uma voz linda e suave, sempre cantava em bares e restaurantes da cidade e sentia ciúmes da amizade de Helena com Maria Flor.

Helena, com toda sabedoria possível, amava as duas amigas e os amigos. Sempre que possível os recebia em casa ou marcava encontro em alguma cafeteria da cidade. Também sabia bancar a cupido e um dia apresentou sua amiga Ângela para um rapaz, os dois se casaram e viveram juntos por muitos anos, inclusive a amiga trabalhava como recepcionista em uma clínica de urologia que Helena havia indicado. Ou seja, Helena no caso de Ângela acertou o cupido e a carreira.

Havia também a tia com que Helena mais tinha afinidade, chamada de tia Laura, irmã de Doraci. Tia Laura era uma mulher muito inteligente, formada em Economia, mãe de um casal de filhos lindos que cresceram juntos a John e Heitor. Helena e ela sempre conversavam e trocavam livros, compartilhando leituras e trocando ideias.

Tia Laura era uma amiga preciosa que Helena tinha. Falando em preciosidades, em um de seus aniversários, Helena pretendia reunir as amigas, mas infelizmente ela não conseguiu comemorar seu precioso aniversário como gostaria, pois estava sempre comprometida financeiramente, ou seja, no vermelho.

Mas isso não impedia Helena de se reunir com amigos, e um bom exemplo era seu amigo delegado da cidade. Atendia pelo nome de Elson e era casado com Camila. Tinham dois meninos lindos, com cabelinhos loiros e de cachinhos parecendo anjinhos. Elson, muito divertido, sempre tratava Helena por "doutora" e tinha sempre uma fala provocativa. Ele era dono de uma inteligência ímpar. Elson e Camila sempre recebiam Helena em sua casa e compartilhavam um bom vinho, aliás, ele sempre conseguia comprar bons vinhos com bons descontos e ajudava Helena a compor sua simples adega. Nunca se esquecia de avisar Helena sobre os preços em conta dos vinhos e ainda dava aulas sobre o assunto para ela.

Amizade para Helena era coisa séria e ela trazia consigo muito apreço pelos seus amigos e amigas. Não se importava muito com a opinião alheia, afinal, achava isso muito relativo. Considerava as amizades preciosas, procurava estar sempre presente e era solícita aos apelos de seus amigos.

Tudo novo, de novo

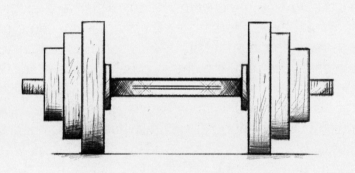

Recomeçar... Helena sabia bem o que era isso, pois não era a primeira vez que ela tinha que se erguer em meio ao caos e seguir em frente. Dessa vez era diferente, Helena estava em outra cidade, sozinha e sem a família. Ela conseguiu voltar para sua cidade natal depois de cinco meses tentando convencer seu inquilino a desocupar o seu imóvel. Foram dias árduos, seus pertences estavam todos encaixotados, a casa ficara estranha e Helena não se sentia mais acolhida naquele ambiente.

Passados os cinco meses, Helena reformou sua casa na cidade de origem, organizou sua mudança, colocou no caminhão que havia sido contratado e partiram. Helena chorou todo o trajeto, lágrimas quentes escorriam pela face enquanto os pensamentos em turbilhão a atormentavam. Começou a se lembrar do quanto foi feliz quando se casou com Vinícius e tudo parecia ir bem, até que as coisas mudaram drasticamente. Não havia um dia sequer de felicidade naquela cidade que ficava para trás. O peito de Helena apertava-se e o choro vinha compulsivamente, e ela soluçava imersa nas lembranças dolorosas. Quando avistou a sua cidade natal, Helena fez um juramento que de aquele dia em diante nunca mais choraria pelo ex-marido: deixando o passado para trás, seu coração acalmou-se.

Ao chegar com o caminhão de mudança, Helena se deparou com sua antiga casa, que agora tinha os muros pintados de cinza. Seu filho Heitor havia disponibilizado sua ajudante para acompanhar Helena na organização da mudança e a amiga de Helena, a Elvira, a estava esperando. Elvira fora colega de trabalho de Helena e a amizade permanecera por anos. Helena havia agendado previamente os serviços de montagem do aparelho de ar-condicionado e dos armários, pois ela sempre fora muito organizada e planejamento era essencial para que a mudança corresse bem tranquila.

Após estar instalada, Helena sentiu a paz lhe invadindo o coração: pronto, estava de volta. Então começou a planejar sua vida daquele dia em diante. Se propôs a caminhar no clube da cidade todas as manhãs, voltou para a academia e fez compras de produtos *fitness* no supermercado. Para evitar os pensamentos com o ex-marido, Helena utilizou-se de uma estratégia que nunca falhava em sua opinião: o trabalho. E, assim, focou todas as suas energias em seu bem-estar físico e mental. Ela não tinha o hábito de falar com ele por telefone e nem por mensagens, apesar de eles terem que finalizar alguns assuntos pendentes, como venda de apartamento e carro, finalização do divórcio e assinatura da papelada no cartório. Mas Helena deixava isso nas mãos da advogada que ela havia contratado para representá-la.

Helena tinha outras preocupações no momento, como, por exemplo, estar próxima dos filhos e netas, preparar almoços para a família e ir visitar os dois filhos que moravam fora. Além disso, ela tinha paz, uma paz que vinha lá do fundo do coração. Os pensamentos já não a atormentavam mais e ela conseguia seguir com a vida. Alguns conhecidos a convidavam para sair e ir em festas, mas Helena queria outra coisa, ela queria chá e bolo com as amigas, café da tarde com as noras e liberdade de caminhar ao pôr do sol na praça do bairro.

Apesar de estar em processo de divórcio, Helena se sentia inteira. Poderiam até chamá-la de louca, mas ela estava livre, com o livro da vida aberto e cheio de páginas em branco para que ela pudesse escrever uma nova história. Então seria escrito tudo novo, de novo. Helena não é mais tão jovem, é uma mulher madura de cinquenta anos e sabe que recomeços são necessários, sonhos são possíveis de se realizar e que é preciso saber se reinventar diariamente, estar em constante mudança, proporcionar amor e afeto ao próximo.

Passados os dias, Helena fez uma troca de carro, organizou suas atividades de trabalho, passou a escrever mais e publicar em revistas científicas o fruto do seu trabalho. Ela sempre quis deixar seu nome registrado na história da ciência e sonhava em fazer uma grande descoberta que pudesse ajudar a humanidade de alguma forma. Enquanto a ideia da grande descoberta não chegava, Helena se dispunha a ir transformando vidas. Caprichava bem na escrita, com palavras bonitas sempre acolhia os seus alunos, tinha sempre uma frase de motivação e seu sonho era que todos tivessem o acesso garantido ao direito de estudar.

O passado bate à porta

Há que se referenciar aqui um fato isolado que mais tarde viria bater à porta de Helena. Na primeira gravidez de Helena, logo após o nascimento de John, por volta de seis meses, Helena teve um breve namoro com um primo de segundo grau chamado Hélio. Acontece que, por um equívoco, os dois se afastaram e ele engravidou uma moça. Mais tarde, Helena viera a saber que eles não se casaram, mas ele assumira o filho. Ao longo dos anos, Helena sempre procurava saber notícias dele, soube que ele havia se casado e tivera mais três filhos. O casamento dele veio a terminar e esse, com poucos meses de separação, logo enamorou-se por outra mulher — assim soube Helena pela sua madrinha de batismo, Iêda, mãe de sua prima e comadre Mara. Mara era madrinha de batismo de Alice.

Muito apegada aos parentes, Helena, em um dia de domingo, convidou sua mãe Doraci para juntas irem à casa de sua madrinha Iêda. O intuito da visita era o de conversar sobre sua separação, pois Iêda trabalhava nas obras da Igreja e na opinião de Helena talvez ela pudesse ajudar de alguma forma.

Essa postura de estar sempre próxima à família fazia com que Helena se sentisse acolhida e amada. Mara e Helena, além de primas, eram muito amigas e estavam sempre juntas mesmo Mara morando em outra cidade. Helena sempre a visitava em feriados. As duas tinham muita cumplicidade e carinho uma pela outra.

Durante a visita na casa de Iêda, Helena, conversando com a madrinha e contando a ela os detalhes de sua separação, ouve a campainha tocar. Ao abrir a porta, eis que está à sua frente seu tio, irmão de seu avô José. O tio por nome de Camilo trouxe com ele o filho Hélio. Ao ver o primo, o coração de Helena disparou e ela voltou rapidamente ao passado. Muito sem graça e envergonhada, Helena tentava disfarçar sua ansiedade ao cumprimentar os dois com apertos de mãos e abraços. Doraci, muito alegre e falante, fazia as honras da casa juntamente de Iêda, enquanto Helena discretamente observava Hélio.

Ele estava diferente, mais maduro, cabelos grisalhos, olhar triste, mas ainda tinha charme. Apresentava-se com problema nos dois joelhos, segundo ele um desgaste ósseo, o que lhe trazia muita dor e desconforto. Começaram a conversar e logo Helena descobriu que ele tinha um filho que estava estudando fora e, por coincidência, na mesma cidade que Alice. A conversa fluía calorosamente entre Helena e Hélio.

Um lanche saboroso e farto foi servido e Iêda aproveitou para dizer a Hélio que Helena sempre que a via perguntava por ele, o que deixou Helena muito sem graça. A madrinha dela continuou a conversa perguntando a Hélio se ele ainda estava casado. Ele prontamente respondeu que não, que estava atualmente solteiro, isso deixou Helena alegre, mas até então ela não sabia explicar o motivo daquele sentimento.

Hélio contou parte de sua história sobre a separação e os filhos e Helena ouvia atentamente enquanto pensava no "porquê" eles não deram certo no passado. A conversa corria solta e agradável quando Doraci pediu que Hélio tirasse uma foto de todos ali presentes. Ficaram todos sorrindo satisfeitos brincando e fotografando até que Hélio perguntou a Helena se ela queria receber as fotos no celular e pediu seu número de telefone para enviar as fotos.

A partir dali os dois começaram a trocar mensagens diariamente de forma amigável e divertida, sempre conversando e rindo um do outro, e isso fazia muito bem a Helena, que aos poucos foi deixando para trás a angústia no peito e dando espaço a um sentimento de carinho e renovação. Os dias passavam tranquilamente e Helena, focada no trabalho, se divertia muito com as mensagens de Hélio, até que a conversa foi ficando mais séria e envolvente entre os dois.

Perguntas provocadoras do tipo: "Por que não demos certo no passado?" Começaram a surgir e os assuntos foram ficando mais sérios. Eles falavam de filhos, de finanças e de família, trocavam mensagens o dia todo até que um dia resolveram se encontrar pessoalmente de novo. O encontro foi na rua perto de um supermercado e os dois ficaram juntos ali conversando até que Hélio tomou Helena em seus braços e a beijou. Foi um turbilhão de sentimentos envolvendo Helena e Hélio que vinham de um passado muito complicado. Ambos se deixaram ficar nos braços um do outro, sem pensar muito no que estava acontecendo.

O passado retornou com força total e dali em diante os dois passaram a se encontrar mais vezes e Helena brincava com Hélio dizendo que os dois estavam "ficando", termo muito comum na época para casais que namoravam. E um dia Hélio realmente a pediu em namoro dentro do carro, o que a surpreendeu muito, e deixou-a feliz.

O casal trazia consigo dores e feridas muito profundas de outros relacionamentos, mas ainda conseguiam conservar a alegria de viver. Dispunham-se a brincar muito um com o outro e a maturidade deixava claro que o passado era um fato que não poderia ser mudado e o presente era uma dádiva, pois, após mais de 30 anos, os dois se encontraram e se aproximaram. Verdade seja dita não foi nada planejado por Helena, mas estar ao lado de um homem maduro que sabia que os filhos devem ser uma das prioridades na vida dos pais, era reconfortante para Helena.

Afinal de contas, foram mais de trinta anos longe um do outro, os dois envelheceram e ficaram muito diferentes, mas nada disso tinha importância pois o sentimento de namoro e companheirismo fazia com que eles parecessem dois adolescentes enamorados. Os dois compartilhavam suas histórias, suas dores e suas esperanças em dias melhores naquele tempo em que tudo era tão difícil, pois havia motivos políticos e sociais que precisavam ser debatidos e ambos divergiam de opiniões e isso fazia com que eles se admirassem cada vez mais. Helena, uma mulher estudada, e Hélio, um homem do campo, produtor rural, trocavam ideias e opiniões acerca de qualquer assunto, falavam sobre tudo e Hélio discordava politicamente de Helena.

Helena sempre brincava que Hélio jamais poderia falar mal da família dela, pois estaria falando mal da família dele mesmo. Isso fazia com que os dois rissem à toa, aliás, eles estavam sempre rindo de alguma coisa. A vida de Helena se transformou em uma vida pacata, regada de muito amor à família e muito trabalho. Isso a deixava em paz e ela bebia de si mesma, sendo inteira e firme nas suas escolhas. Afinal de contas, ela descobrira muito cedo o que era não saber fazer escolhas.

Por falar em escolhas, Helena era uma mulher sábia e madura, apanhara muito cedo da vida e trazia consigo uma força interior muito grande. Era dona de uma positividade e uma bondade que faziam com que sempre se desse mal em confiar nas pessoas. Nem todo mundo age com boa fé na vida, mas ela sempre acreditava que poderia fazer mais e melhor. Lutando com garra, acreditava que bondade era sinônimo de lealdade. Às vezes se perdia em pensamentos sobre pessoas e universo enquanto viajava para ir trabalhar na cidade vizinha, ou em casa mesmo, e na maioria das vezes estava sempre acompanhada com uma boa xícara de café. Seus pensamentos eram sobre a vida que teve, as pessoas que passaram por sua trajetória e principalmente sobre o amor: ela considerava que amar o próximo era difícil como uma verdadeira tarefa árdua, mas que estava nesse amor o mistério da vida.